—— 阅读之前 没有真相

午 夜 文 库

# 彷徨的杀意

陈俊霖 著

新星出版社 NEW STAR PRESS

# 序　幕

  他非常清楚自己并不是神，因此这样做是不被允许的。社会上把这种行为称为"犯罪"，事情败露后，被法律制裁的人是他自己。

——绫辻行人《十角馆事件》

  逼仄的楼道口破败不堪，阳光从窗外挤进，勉强维持着室内的可见度。周遭隐约传来的阵阵嘈杂，也难为这栋废弃的教学楼带来丝毫生气。青苔混杂在满地的垃圾中肆意生长，四处墙壁如蜕皮般遍地剥落，空气中飘着一股霉味儿，氤氲着残破的气息。不同于窗外的喧嚣，这片被遗忘的空间沉浸在异样的静寂中。

  方雾背倚窗框站着，身体一侧沐浴在阳光之中，轮廓在逆光下显得模糊不清，与周遭的漆黑融为一体。在他面前，光源无法探及的楼道深处早已被黑暗充斥，如同连接着无尽的未知与虚无。他正死死盯着那里，深深呼吸。

  二十五年来，每一天他都过着如行尸走肉般的日子。如今，他决定亲手结束一切，实施复仇：要让那个人得到应有的惩罚，一步步陷入绝望，为他犯过的错误付出代价。

复仇的计划无懈可击。

仿佛得到神明的启示，灵感如炸雷般从天而降，落进脑海，一闪而过的瞬间被自己牢牢拽住。经过数月的构思策划，步骤由模糊到清晰，条理已逐渐梳理成形。如今，只待着手实施。

潮湿的楼道中阴气逼人，方雾闭紧双眸，继续思忖。

当下刑侦技术已日趋成熟，想要完成复仇并逃脱法律制裁谈何容易。现实犯罪不比推理小说，不在场证明、密室谋杀、尸体消失等……作案手法再精妙，思维再缜密，诡计再强大，在日臻完善的刑侦手段面前免不露出破绽，难逃法网。

除了这次。

考虑到警方在搜查中向来事无巨细，所以只要犯罪，被抓住是迟早的事，犯人会随着排查被一点点逼到死角。最终，他们会千方百计找到自己——殊不知，这就是整次计划的目的。然而，计划实施手法骇人惊悚，非比寻常。一旦迈出这步，将难以回头，万劫不复。他感觉自己就像一条即将钻进夹缝的蛆虫，无法转身后退，只能在暗无天日的地下蠕动前行。

面对眼前无尽的黑暗与前方未知的虚空，方雾凝神闭气，仿佛正竭力对峙。

哒哒哒——

一阵轻快的脚步声打破了楼道内的静谧，打断了方雾的思考，奏响了计划的序曲。他再次睁开双眼，凝视着那片黑暗，瞳孔试图聚焦在即将出现的人影上。

迟早要面对的，序幕还是拉开了！

"方院长，是你吗？"

楼梯转角处出现了一名二十岁左右的少年，正是该校学生梁钰晨。方雾正处在背光的方向，模糊的身影使来者无法看清，对方不禁眯起双眼:"您找我来这里有事儿吗?"

"啊……"方雾眼睑微颤,声线低沉,"你一个人来的吗?"

"嗯,对呀!"

"那就好……"他声音细若蚊蝇,似乎一丁点儿举动都会将企图暴露。

"嗯?"慢慢适应黑暗的梁钰晨歪着脑袋,望着那个黑漆漆的影子。

"没什么。"方雾额头上渗出了汗珠,"今年考研报名了吗?"

"啊?"梁钰晨有些犹豫,"我……我想报名,可是……"

"如果有一天,你发现一切都变了,法学并非你原本理解的那样,你会后悔吗?"方雾突然打岔。

"不是我理解的那样?"梁钰晨稚嫩的脸颊略带疑惑,但他没有多想,看向方雾,眼神散发着坚定的光芒,"我不后悔!"

言毕,梁钰晨没有再作声。残破的楼道,压抑的氛围使他感到一阵诡异,身子不由得哆嗦了一下。

看着梁钰晨澄澈的眼眸,方雾目光闪烁不定,经过一番挣扎还是开了口。

"你回头,背后有句话!"

梁钰晨缓缓回头望向墙上,那里挂着一幅早已倾斜的名言警句。

> 疯子并非失去了理智,而是除了理智,一无所有。
>
> ——G.K.切斯特顿

他歪着脑袋,一头雾水,毫无察觉他自己已身处险境。

盯着学生的背影,方雾心中思绪万千,那段悲怆的记忆在脑海中翻腾,他的眼睛有如打翻的血色颜料般猩红可怖,身体瞬间被疯狂牢牢占据。

对不起了……

方雾再次喘息,不再犹豫,快速欺近毫无防备的梁钰晨。

窗外铃声骤然响起,夹杂着学生们的喧闹,恰巧掩盖了楼梯口的动静。

# 第一章

"……你的儿子在我手上,你想他平安回家的话,请准备赎金吧。"

——陈浩基《13,67》

"陈警官喝杯水,我来给你介绍,这位是我们学校的宿管员,王新才。"

校长办公室中,顶着大背头的顾振江脸颊油光锃亮,伴随丰厚嘴唇的上下开合,参差不齐的褐黄色牙齿一览无余。他本来就小的眼睛笑起来眯成一道缝,正挺着个大肚腩介绍着。

陈沐洋循着他扬手的方向打量:王新才正窝在沙发一角,怯生生的样子如同被提审的犯罪嫌疑人,与久经世故的顾校长形成了强烈反差。

陈沐洋冲王新才点点头,端起杯子轻啜一口,旋即转向顾振江。"我局已向贵校发过立案文件,介绍具体情况,顾校长看过了吧!贵校梁钰晨被绑架一事还望——"

"哪儿跟哪儿呢!"刚坐下的顾振江摆手打断了陈沐洋。他顺手提了一下西裤小腿处的边角,裤腿儿在坐下时产生的褶皱又如熨过一般平整如初。"听说我们学校是陈警官的母校?哈哈,都是一家人，不用搞得这么官方！再说我和你们秦局长熟得很，具体情况我们都掌握了，配合警方办案也是咱们公民应尽的义务啊！"顾振江边说边熟稔地递来一根香烟，朝他微微扬起眉毛，"来一根儿？"

陈沐洋一笑，摆了摆手。看着眼角堆满皱纹的顾振江，面部表情丰富又生硬，他感觉有点不自在。三言两语间看似和气，却挑明了与分局高层的关系，笑里藏刀。他对这种官腔向来反感，不想过多回应，直奔主题。

"我的同事在今天凌晨一点接到报警。梁钰晨的父母称接到了儿子手机打来的电话，那头的声音根本不认识，只说人已被绑架，要准备二十五万元作为赎金才肯放人。"

顾振江收起笑容，兀自衔起了一根黄鹤楼，点着后深吸一口，又缓缓吐出。

陈沐洋轻轻歪了歪脑袋，想避开对方喷出的烟雾，视线却被放在茶几上的打火机吸引。那玩意儿制作精巧，估计价值不菲。

"真没想到发生这样的事，二十五万可不是一笔小数目啊！"顾振江仰头将脑袋靠在沙发上，拧着眉头，"会不会是谁在恶作剧呢？"

"嫌疑人在打电话前已寄来了梁钰晨的私人物品。在勒索电话之后，被害人的手机始终处于关机状态，恶作剧的可能较小。纵然真是恶作剧，这样的行为也是违法的！"

"那是那是！"顾振江顺着他的意思点了点头，"所以校方在第一时间向宿管老王询问了梁钰晨昨日的情况……"

听见顾校长提到自己，王新才吞了吞口水，眼神闪烁不定，嗫嚅着："我……那个，陈警官你好！我叫王新才，是学校的宿舍管理员。呃……男生宿舍的。"

陈沐洋将目光投向朴实的王新才，十指交叉置于膝盖上，身体略微前倾。在心理学上，这是一种鼓励对方表达的方式。巧诈不如拙诚，比起油滑的校长，他更愿将重点放在说话磕磕绊绊的王新才身上。

"我们在昨晚查寝时发现……那个，梁钰晨同学没有回来。"

"几时查的寝室？"

"十点半。"

"同寝室的怎么说？有知道去向的吗？"

"好像说是出去玩儿了吧……需要找他们过来吗？"

"今天暂时不用，当时打电话联系本人了吗？"

"没有……"

"就没有采取相应措施吗？"

"啊……"王新才小心地瞥向一旁乜斜着他的顾振江，更紧张了，"这种情况很常见，我们都没采取什么……"

"陈警官，哈哈！老王毕竟没读过几年书，表达上还是有些吃力，让警官见笑了。"顾振江将手中半截烟狠狠摁熄在烟灰缸中，蓦地板起脸，一下打断了两人的对话，"自家人就不和警官见外了。咱们华南政法大学是有着近百年历史的法学专业高校，始终秉承着立规、立德、立才三立原则，培育了多少法学精英啊！陈警官不也是从我们刑侦专业毕业的嘛！我们在宿舍管理制度上也有着严格的标准和要求，但凡事也要结合实际，夜不归宿的情况，我相信每所高校都存在。梁钰晨虽未办理走读，但父母毕竟是本市的，有可能是在市区和朋友玩得晚了，或者直接回家了。"

言毕，顾振江嘴角朝王新才方向斜了一下。仿佛终于让他盼到了"将功赎罪"的机会，王新才慌忙欠身回应："对的，对的，出现过好几次呢！有几次他就是直接回家过夜的，已经被我们批评过了。"

"据我判断，梁钰晨应该是在校外遭到绑架的，绑匪肯定是学校外的人！"顾振江拍着大腿强调完后，继续发散，什么校方领导针对该事件已紧急召开了专题会议，并讨论通过了《关于进一步加强学生住宿制管理的若干意见》等文件……

顺口一带的问题被眼前两人一唱一和拉扯半天，陈沐洋甚感厌烦，瞅准时机打断："最后一次见到梁钰晨是什么时候？"

王新才瞧见自己一番话让校领导圆了半天，早已噤若寒蝉。他鬼鬼祟祟地斜睨着顾振江，没敢再接话茬儿。

"根据我校教职工反映，"顾振江抖着腿，"梁钰晨下午四点半前都在教室上课，下课后才失去联系。"

"四点半后就没再见过被害人吗？这离晚上查寝足足隔了六个小时，询问过其他教职工或学生吗？"

"嗯，是这样一个情况，目前事件的来龙去脉还不清楚，我们也不希望把事情搞复杂。若进行大范围调查，几位副校长都担心造成恐慌情绪，传出去肯定要整得满城风雨，影响不好。陈警官应该清楚，现在的媒体为了博眼球，那简直是语不惊人死不休啊！真要把事态弄得无法收拾，我可交不了差！"接着顾振江话锋一转，神色狡黠，"相信这也是秦局长不希望看到的吧！"

陈沐洋算是弄清了这位顾校长的顾虑。冠冕堂皇的论调中虽有一定道理，但他更多顾及整个事件对仕途的影响，想方设法将锅往校外推，让负面影响降到最低。至于能否提供有帮助的线索，他则摆出一副事不关己的姿态。

"顾校长！"陈沐洋提高了音调，"没错，秦局长的确不希望事态失控，所以他也十分重视。警方更不想弄得人尽皆知，毕竟梁钰晨的人身安全可能会受到威胁。但一码归一码，我局既已立案，还希望顾校长全力配合，不要有太多顾虑。这是绑架案，绝不是您口中的所谓一般事件。"

顾振江一时语塞，低头品着面前那杯绿茶。须臾，骤然呵斥："老王你看你，说话讲究个方式方法。事情没表述清楚反而让警方误会了校方的意思，还不快把陈警官的茶续上！"

王新才满肚子委屈憋得好不难受，但谁都知道顾校长就是这种擅长甩锅的领导。他只得低着头，默默为两人续上了茶水。

看来从校长这里很难获取有价值的线索。陈沐洋凝视着升腾的水蒸气，指间来回摩挲，思索着其他突破口。

"他们班主任是谁？了解相关情况吗？"

"哦，他们是毕业班，由方院长管理，最后那节就是他的课。"

陈沐洋神色一凛，不自觉地顿了顿。

"方院长？是方雾……方老师吗？"

"对！"顾振江似乎从陈沐洋的表情里读到了此人的分量，"现在方雾已经是法学院的院长了。"

上次听方老师的课还是在大二那年，八年了，时间过得真快……

"陈警官？陈警官！"

"啊！"陈沐洋连忙从思绪中挣脱，脱口而出："那方老师……方院长今天怎么没来？"

顾振江和王新才对视一眼，哈哈大笑："是这样的，陈警官，你可能也知道。这个老方，他呀，在我校担任教师已经二三十年了，一向如此。而且，呵呵……他老人家那个脾气相信我不说你也清楚。今天原本让他一起来帮警官了解案件始末，他是连我这个校长的面子都不给啊！说下午有公开课，直接回绝了。他这个人就这样，看在曾经师生的情面上，你就不要见怪了。不过没关系，具体情况我这边都掌握，问我就行，一定知无不言！"

陈沐洋对方雾老师怎敢有半分不敬，但这个顾校长说话顾左右而言他，凡事明哲保身，相信再耗下去也没什么收获，还会耽误案件的侦查进度。

见陈沐洋陷入沉思，半天没有回话，顾振江看了看腕上的表，神色悠然地再次抖起了腿。无形中似乎在说：看你还有什么问题？

"方院长现在在哪里上课？"

"啊？在法学院第一阶梯教室。怎么？"

"我现在就去方院长那边了解情况，感谢顾校长对我们城东分局的大力支持！"

听到这话的顾振江有些措手不及："何必呢？方院长他在上课嘛！他那个人……要不这样，陈警官先在这儿喝杯茶，等会儿下课了我再请他来办公室……"

"没事儿！"陈沐洋倏地起身，揶揄着，"今天我着便装，没人知道我是公安系统的，不会搞得'满城风雨'。再说咱母校风景秀丽，景色宜人，我也顺便溜达溜达，重温下校园生活。"

"啊……这个……"

"顾校长放心，请留步！再见！"

"……"

离开行政大楼的陈沐洋大口呼吸着室外的新鲜空气，顿觉神清气爽，自在不少。他向来反感与官僚气息浓重的人打交道，才这么一会儿就浑身难受，看来从政或在机关工作实在不适合自己。

面对门外一片熟悉的天地，他眼前又浮现出了当年毕业时的情景。当时,他放弃了父母精心安排的机关单位的工作,毅然报考并成了一名基层刑警。按父母的话说,这是放着衣食无忧的铁饭碗不要,非要体验人生。他的理解却是,人生最大的痛苦,莫过于活成别人期待的样子。驷之过隙,如今他虽没多大成就,整日充实忙碌倒也符合人生定位。他疾恶如仇、充满正义感,通过努力,从基层派出所调到了分局刑侦大队担任刑事警察,参与该辖区相关案件侦破。当然,华南政法大学这块金字招牌也帮了他不少忙。与大多科班警校毕业的同事比,他的专业功底自然不逊他人,而四年来沾染上的法学"皮毛"更让他在司法实践方面有着得天独厚的优势,成了刑警队里不可多得的复合型人才。

不过,陈沐洋也遇到了瓶颈。他慢慢才发现,社会无处不机关,都逃不开人情世故。不同于辖区派出所,城东分局属于厅局级单位,有着严格的上下级制度和一套在象牙塔中学不到的规则。在他看来,和领导走得近的高情商马屁精自然平步青云,春风得意。而踏实干事的同事大多得不到赏识,始终默默无闻,原地踏步。恰恰情商这种东西是种说不清道不明的能力,也是他的盲区。但从另一个角度讲,他从事这份工作既不是为了升官发财,也不是为了追求仕途。只要能通过努力,多侦破一个案件,让犯罪分子无所遁形,便对得起这身警服。不必背负太多人情债,轻装上阵未尝不是一种工作方式。

正因如此,陈沐洋对校园生活有着浓厚的情结。没有那么多勾心斗角,莘莘学子沉浸在知识的海洋里,尽情遨游,想想就觉得惬意。从校长办公室出来后,他更有感而发,希望校园多一些书香人文,少一点官僚迂腐。

陈沐洋感触良多,回过神时,已来到法学院的教学大楼前。这栋建筑外墙通体为白色大理石铺砌,高约八层。颜色虽不及才翻修的行政大楼那般鲜艳,但古朴泛灰的外墙在经受岁月洗礼后,增添了苍劲凌厉之势。大楼正前方矗立着近三米高的忒弥斯雕像,那是法律与秩序的化身,希腊神话中的正义女神。她身后一级级阶梯宛如一座桥梁,连接着一扇通往宝库的大门,里面储藏着近千年来闪闪发光的智慧结晶。肃然起敬的陈沐洋正了正身子,大步向前迈去。

进入大门,陈沐洋朝左侧走廊行去。教学楼内的氛围与外面的鸟语花香不同,隔绝了喧嚣,显得庄严肃穆。一间间教室井然有序地排列在走廊两旁,不时传出授课的声音。

他慢慢靠近第一阶梯教室,便瞧见了门口架设的易拉宝展示架,陈沐洋定睛一看,展示架上写着时间、地点、课程名称。在授课教师处赫然列着两个加粗的大字:方雾。

悄悄从后门探头进去,他发现这是一间近千平方米的公共教室,约莫能容纳三百人。此刻教室中座无虚席,连后排都挤满了前来听课的学生。站着蹭课的人密密麻麻,黑压压的后脑勺挡住了陈沐洋的视线。一个似曾相识的声音通过话筒,由四周扩音音箱传出,语速疾徐有致。

"最后再和大家分享几个案例。虽然与我们司法考试没多大关系,但这是我多年前赴美学习时收获的一些哲学观点,非常有趣,供大家思考交流。"

中气十足的声音略带沙哑。话语间,众人纷纷从上一个话题的兴奋中"冷静"下来。教室又变得异常安静,大家专心得屏住了呼吸。

"假设你是一辆有轨电车司机,正驾驶着车辆在铁轨上高速疾驰。突然,你发现有五名工人正在电车途经的铁轨上工作。高速疾驶的电车根本无法刹停。假如就这样撞过去,五名工人必死无疑。就在这时,你发现另一根铁轨的尽头,只有一名工人在那里工作。因为方向盘还没失灵,你可以让电车转到那条分叉铁轨上,将那名工人撞死,以挽救原先铁轨上的五人。现在情况千钧一发,大家将如何选择?[①]"

陈沐洋不自觉踮起了脚,从人缝中瞄到讲台上正站着一名中年男子。他举起右手,朗声提问:"有多少人会选择转动方向盘,将电车驶向另一根铁轨?"

话音甫落,大部分人都将手举了起来。大家好奇地环顾四周,瞧见身边的同学都不约而同地举起了手,发出一阵骚动。

"为什么?能给我一个理由吗?那名穿红色夹克的同学,请把话筒递给他。"

一名学生在人群中站起,接过话筒的他有些兴奋。"谢谢方院长,那个,我……啊……不好意思,有些紧张……"

"替工人们捏了一把汗么?"

"哦,不是,这么多次公开课,方院长总算选到我来回答提问了……"

哗啦一声,整间教室都哄笑起来。中年男子冲人群里那名学生点点头,鼓励他继续。

"好,我觉得是这样的,伤亡在所难免,死一个总好过死五个。"

"嗯,两害相权取其轻,其他人都同意吗?"中年男子双手抱臂置于胸前,"其他举手的人中,有持不同意见的吗?"

大家来回张望,却没人响应,都对那名红色夹克学生表示无声的赞同。

---

[①] 材料源于"电车难题(Trolley Problem)",是伦理学领域著名的思想实验。

"那好，接下来我们再看另外一个例子。"中年男子在讲台上闲庭信步，"假设这次大家不是司机，而是站在一座电车即将经过的桥上。正好目睹了刚才的惊险一幕。这时，你发现有个非常胖的家伙正站在桥上看风景。只要将这名男子推下，他庞大的身躯就能形成障碍逼停电车。当然，这名男子也会因此丧命。眼看电车就要撞向那五名可怜的工人，情况刻不容缓。我们再来看下大家将如何选择？有多少人会去推那个胖子？"

大家互相打量着，没人举手。不少人会心一笑，似乎在表示没人会干这种缺德的事。

"有多少人会去推那个胖子？"中年男子缓慢踱步，再次提问，并将手略显夸张地举到额头之上，"没有人吗？"

一只手在人群中瑟瑟举起。

瞥见有人示意，中年男子闭眼用手揉了揉太阳穴，淡淡说道："你真残忍……"

哗一声，哄笑再次响起。讲台上那名男子虽全程没任何表情，但每句话如四两拨千斤般，巧妙调动着所有学生的兴趣点，课堂气氛显得十分活跃。

"我们再来看看，不会推那个胖子的人有多少？"

刷刷刷——

几乎所有人都将手举了起来。大家对两个情景中所持立场发生的改变饶有兴致。

"好的，大家请先将手放下。听我说……"

陈沐洋这才意识到什么，将不自觉举起的右手放下，脖子也慢慢缩了回来，颈椎处感到一阵酸疼。

"这是为什么？同样是牺牲一个与死五个的抉择问题，为什么各位的选择发生了转变？我们的原则到底出了什么问题？先听一下大家的理由。来，请将话筒递给那名戴帽子的同学！"

"我觉得这个情景和刚才的案例略有不同……"一个体形略敦实，戴鸭舌帽的学生尝试着分析，"桥上那个胖子是无辜的。他本就没有卷入这场事件中，只是一个旁观者，没有义务为整场惨剧做出牺牲。"末了他还风趣地补充，"胖不是错！"

"这个理由很充分，胖当然不是错！"男子依旧一副淡淡的口吻，"那么同学你能否回答我，刚才第一个案例中，岔道上那名瘦瘦的工人难道就不是无辜的吗？我们又有什么权利选择让他去牺牲呢？"

敦实的鸭舌帽同学没能做出回答，露出了尴尬的微笑。周围学生们忍不住小声交流，对不同情境的两种选择感到有趣又疑惑。

"好，请坐下！"男子回到了讲桌前，翻开了讲义。这个举动迅速吸引了在场所有人的注意。带着强烈的求知欲，大家关注着他的一言一动。

"两种选择，哪一个才正确？关键要看我们在两种立场中所持的原则，这就是《谋杀背后的道德逻辑》……"

随着那人的讲解，所有学生都埋头快速记着笔记。几百支笔和纸张的摩擦在教室内发出了窸窸窣窣的声响。倘若闭眼聆听，仿佛正欣赏一场由百人合奏的轻音乐。

"……在面对胖子的时候，我们是根据绝对主义原则来判断的。即无论造成的结果怎样，凡事有其绝对的道德原则。纵然为了救回五条人命，杀害一个无辜者，也是错的，而且大错特错……

"综合上述两种观点，当我们在评价什么是对与错、善与恶的时候，并不只有一种原则、规律或标准。要站在多个角度看待问题，永远不要被眼前的表象所蒙蔽。钻研法学，就是为了唤醒人们永不停歇的理性思考，看它将我们带向何方。好，今天就到这里。下课！"

叮叮——

铃声适时响起，讲台上的男子向台下轻鞠一躬，夹起讲义快步向门外走去。动作从容淡定，似乎对这样的场面早习以为常。

陈沐洋这才发现他还挤在后门，下课后突如其来的混乱与拥挤让他措手不及。他闪转腾挪，不断拨开面前的人群，好不容易才找到了那个背影，于是快步上前。

"方老师，您好！"陈沐洋靠近后，男子缓缓回过了头。

视线中，是一名五十来岁的中年男子，皮肤苍白得毫无血色，头顶的白发像挑染般在缕缕青丝中涌现，肩膀上则满是粉笔灰屑。他身上的浅灰色夹克衫大了一号，袖口已被磨得油亮，脚上的皮鞋更是缺乏保养，眼看就要裂开口子。

迎着方雾的目光，陈沐洋愣了半天才回过神。有那么一瞬间，他感觉这个面孔冰冷而陌生，比印象中苍老了太多。曾经专注教学的他，虽机械、刻板，不喜打理形象，人却是神采奕奕，气宇轩昂。现在的他身形佝偻，脸庞沧桑阴郁，凹陷眼眶中的瞳孔也不见神采。那里如幽井黑洞般深不见底，却仿佛在那遥远处栖息着一缕光，一缕不被打扰的光——

"方院长您好！〇七级刑侦专业二班陈沐洋，您还记得吗？"重逢的异样感受让他不由得客套起来。

方雾端视着陈沐洋，脸上的沟壑如雕像般定格，线条僵硬，半天才柔和下来，不过挤出的笑容仍有些生硬。"原来是陈同学，这两年大家对我的称呼换来换去，还是习惯别人叫我方老师！"

"我也习惯别人叫我'小王子'！"陈沐洋扬起了笑脸。

陈沐洋刚进大学时，因逃课、作弊"声名远播"。特别是考试作弊，方法层出不穷，久而久之他得了个外号"作弊小王子"。向来喜欢被大家关注的他不以为耻，反以为荣。这样的情况直到大二才有所改观，那年方雾正好是陈沐洋刑法课程的授课老师。

"穿蓝T恤的同学，你来回答这个问题！"

那是一个夏日的午后，鸣蝉在窗外聒噪不已，教室里的学生无精打采。大家犹如刚下锅的饺子，忍受着高温烹煮，欲振乏力，全然无法将注意力集中到课堂上。当然，大家昏昏欲睡的原因，多半归咎于"罪刑法定"这个颇为生涩的知识点。

陈沐洋偏偏与众不同，仍旧精力旺盛，与邻桌同学谈天说地。那神态之丰富，动作之夸张，让正在授课的方雾想不去注意都难，于是他朗声向这个"人才"提问。

陈沐洋懒洋洋地站起。

"你叫什么名字？"

"老师，他叫作弊小王子！"不知后排哪个同学接了一句，引得全班哄堂大笑，陈沐洋也回头俏皮地冲着声音传来的方向做了个鬼脸。炎炎夏日，大家的疲倦被一扫而空。

"哦？"方雾不怒反笑，"那么就请这位作弊小王子来回答'罪刑法定'的派生原则是什么？"

陈沐洋悠然自得地抖着腿，全然没有回答的意思。有些滑稽的动作颇具影视谐星的神韵，让教室里不少同学忍俊不禁，抿嘴偷笑。陈沐洋却一副自得其乐的样子，似乎任何场合都能成为他"表演"的舞台。

"既然作弊小王子行使沉默权，那就由我来向大家解释。"方雾瞧了一眼陈沐洋，迈步朝那些嬉笑的同学看去。他淡然的眼神中带着一丝不容抗拒的威严，扫过的地方逐渐安静下来。

"学校是严禁作弊的,我们看到许多作弊的学生都被取消了补考资格,直接按照挂科处理,处罚不轻啊!"话语间方雾又看向陈沐洋,只见他一脸不屑,"那么这位小王子同学……"

"是作弊小王子……"又有一人悄声打趣。

"哦!不好意思,那请问这位经常作弊的小王子同学,为什么你没有挂过科呢?"方雾敛住脚步,带着疑问看向所有人,"这是为什么?"

"……"

没有人回答,课堂上鸦雀无声。

"因为派生原则之一:排斥习惯法!"见无人回应,方雾又迈开了步子,"不同于英美法系,我国案件不能对照习惯或经验来直接判定罪责。纵然先前作弊的同学按挂科处理,也不能直接以该判例让我们小王子挂科。所以作弊这种行为对别人来讲自然是耻辱,但我们的小王子同学却当然可以认为是件光荣的事儿……"

方雾气定神闲,继续讲解,陈沐洋脸上的表情却起了变化。

"那好!这一次我们偏偏按照习惯法来判定责任,只要作弊就直接挂科!"方雾话语倏然转厉,所有人心中都怔了一下。片刻后他语调又趋缓,"但是派生原则之二是法不溯及既往。他作弊时并没有约法三章,我们不能因今天的规定让他去承担曾经的责任。所以,小王子同学,参照我国罪刑法定的派生原则,你一点儿都不用担心,可以放心坐下了!"

方雾语速不疾不徐,节奏一松一紧,谈笑间彻底降住了陈沐洋。他低头缓缓坐下,整个人局促不安,脸红得跟猴子屁股一样。

"由于时间的关系,我们只讲到这里。明天,再来学习其他原则：但凡作弊均适用挂科处理……啊，不好意思口误了，是刑法适用人人平等。好，今天就到这里，下课……"

从那以后，知耻后勇的陈沐洋再也不作弊了，决定痛改前非。除了上课认真听讲，课余时间也找方老师认真请教。方雾平时正颜厉色不苟言笑，但面对学生的虚心求教还是循循善诱，倾囊相授。陈沐洋虽是刑侦专业，可让他心服口服的唯独这位只授课半学期的刑法学老师。

毕业后，陈沐洋与方老师断了联系。埋首工作是一方面原因，但这更多归咎于方雾平日为人低调，深居简出。只专注教学的他几乎不参加社交活动，好几次班级聚会的邀请都被他婉言谢绝。鉴于此，尚在学生时代，大家就对他存有刻板印象。当然，不得不承认，这种性格习惯同时造就了他朴实严谨、一丝不苟的特点。原先顽劣桀骜的陈沐洋也正是被他的学术深度和人格魅力折服，对其敬重崇拜。

"还在想过去的事？"

"哈哈！瞒不过老师。想起当年您的忠告了！"

方雾眼角略微舒展，咧了咧嘴。"就不怕忠言逆耳？"

"方老师说笑了！您当时的教导我现在还记忆犹新。老师处事一直很低调，自从刑法期末考试后就很少见到您，毕业后更是断了联系。没承想这次来查案居然遇到您，都已经是法学院的院长了！"

"呃……"不善言谈的方雾算是做了回应，"工作顺利吗？"

听到工作这个词，向来逆反的陈沐洋顿觉一言难尽，不想展开，忙打着趣："还行！累死累活的，早知道当初听父母的话，进法院弄个坐办公室的工作了！"

方雾再次咧开了嘴。

蓝天在头顶铺开，一望无际，两人走在一片新绿的校园里，沿途鸟啭蜂鸣，春风惬意。迎面经过的学生大多恭敬地向方雾点头问好，可见他在学生心中的地位。

"没印象……下课后就没再注意梁钰晨了。"面对询问，方雾回忆着。

"听说他也是您最得意的学生。"

"这孩子对法学一直很有兴趣，只可惜家庭条件一般，前段时间他说打算放弃考研了。"

"家庭条件一般？"陈沐洋双手揣兜，感到疑惑，"绑匪为什么会……"

"嗯？"

"嗨！没什么，不谈案子了！"

陈沐洋摆摆手，整个下午几乎没有实质收获，不禁有些泄气。他索性放松心情，朝远处望去。目之所及，一排光秃秃的行道树向远方延伸开去。

"好久没见到母校的蓝花楹了！我家那位听说我今天要来，吵着让我多照几张相回去！"

"是吗？"

"对啊！她也是我们学校的，我当年还是在蓝花楹下向她表白牵手的！"

方雾拾起目光，习惯地端望起那熟悉的地方，遗憾的是那个人再也没有出现……

"蓝花楹原产于美洲热带，是近年来才被我国大范围引进的一种落叶乔木。不过这里，还在我念书时就已经引进了。"

聊天时提到配偶，通常对方都会追问她叫什么名字、现在做什么工作、有没有孩子云云。面对寡言的方雾，陈沐洋撂出这句话,自然是想将话题引至家庭方面。可貌似对任何人的家庭生活与工作背景都不感冒,反倒对蓝花楹这种行道树反复讲解。陈沐洋当然知道他是这种脾性,干脆顺着方雾的思路接起话茬儿。

"原来方老师也是从这里毕业?"

"是的,当时还是八十年代吧……每年五月份,迎宾大道上的蓝花楹都会绽开蓝色的花朵,年年如此,美不胜收。"

"是啊!还得再等半个月。"陈沐洋不禁有些遗憾。

方雾看了看陈沐洋,内心某种情绪忽被触动,缓步前行,许久后说:"蓝花楹的花语知道吗?"

"嗯,花语?这倒不清楚。"

"宁静、深远、忧郁,在绝望中等待爱情……"

陈沐洋抿嘴歪了下脑袋,不解其意。方雾则继续望着蓝花楹,回忆似被打翻,娓娓道开。

在方雾的讲述下,陈沐洋才知道这样一典故。在十一年前的闽南德化,有个首富宋天来。宋家有财有势,家中财帛千万,却唯独缺少男丁,只有一女名唤晓兰。因此她年仅十四,上门提亲之人便络绎不绝。可无论是富家大少,还是书香子弟,晓兰一个也没看上。原来,晓兰看上了住在隔壁的黄心英。这黄心英倒是长得一表人才,原先也读过书。奈何家道中落,已穷困潦倒,遑论娶晓兰小姐进门,就连礼金都拿不出来。

无奈之下,黄心英选择下南洋淘金。于是,他们约定,三年后,无论穷富,定当永结同心。

民国十一年,心英从南洋捎书信回来,信中写道:"晓兰,思你念你犹如心绞,奈何山高水远,今送蓝花楹一株,聊代我陪伴你身旁,以解相思之苦。"于是,晓兰将蓝花楹栽培在家中花园悉心照料,日日苦盼着情郎归来。

左等右等，到了民国十四年，晓兰仍未见心英归来，却收到书信说："今我在新罗，已成家立业，现将定情之物一并寄回，勿念！"这晓兰小姐哪受得了这般打击，大病了一场。病好后，在宋家老爷安排下，准备嫁给城西的李大官人。出嫁前，猛听黄家老母在悲泣，不禁询问，竟是那心英在新罗染上恶疾身亡，怕误了晓兰小姐终身大事，故诈称已娶妻成家。

晓兰泪如雨下，当夜诗一首：两小无猜比金坚，郎入地狱妾亦随。尔今轻风明月下，日日伴君解寂寥。当晚即投井自尽。

"好一个凄美的传说！"

听到这里，陈沐洋不禁唏嘘。

方雾顿了顿，接着说道："据说现在走在德化车水马龙的龙津路上，就能看到这株蓝花楹。若情侣相携在树下许愿，就能白头偕老，牵手一生。"

陈沐洋这才意识到，方老师话语间看似离题万里，却意有所指，表达了对自己和妻子白头到老的祝愿。

不过陈沐洋还是有种直觉，关于蓝花楹的传说，方雾如同在讲述自己的故事。他将余光扫向方雾左手的无名指，一切悉如从前，那里仍牢牢套着一枚黯淡无光的戒指。

"原来如此，下个月我一定还来看望方老师，也再欣赏一下母校蓝花楹开花时的样子。"陈沐洋刚想轻舒一口气，又想起了当下的案件。下月的花季，也不知将以怎样的心情回来观赏。

方雾眉宇间则闪过一丝凄楚。

太阳西斜，不觉间两人已来到学校大门口。方雾婉拒了陈沐洋开车载他一程的好意，称平时都是坐校车往返，这是几十年的习惯。深知方雾脾性的陈沐洋也不强求，告别后钻进车内，发动了引擎。

目送车辆离开后,方雾回头望向迎宾大道上的蓝花楹。左起第三排,单薄干瘦的枝杈在夕阳下残留着金黄色的余韵,思绪在不经意间串起了流年。

## 第二章

  四名女生并排站着——其中第二名女生瞬间吸引了我的目光。

    ——乾胡桃《爱的成人式》

  华南政法大学迎宾大道的两侧，分别整齐排列着六株蓝花楹。时值六月初夏，正是该类乔木尽数绽放的时候。树叶落尽，花枝开立，一片片淡淡的蓝色花瓣簇拥，与苍穹浑然一体，有如蓝色的火焰在熊熊燃烧。在微风的轻抚下，枝杈随风摆动，轻轻摇曳，为这所八十年代的高校增添了几分旖旎。

  这年方雾才大一。眉宇轻蹙，步履匆匆，这是他惯有的姿态。寝室、教室 图书馆三点一线，日复一日。几乎没什么朋友的他，只是一个孤独的影子。弱冠之年本是青春洋溢、热血沸腾的时光，但这些却从不会在方雾的字典中出现。在他眼里，法学就是毕生的追求，其他娱乐都是虚掷时光。校园的两排蓝花楹每天都在沿途准时映入他的瞳孔，但绚丽的风景在那里只呈现出了黑白两色。

  这辈子或许就这样吧……一眼望穿，平静如水。没有大起大落，终身与法学事业相伴。

方雾对平淡的人生早习以为常，直到这一天发生了改变。

视野中，左起第三排的那株蓝花楹下，一名少女亭亭而立，温婉雅致，头扎马尾，眉目如画。只见她及膝的碎花裙在微风的抚触下和蓝花楹一同摇曳，如青春芳华含苞待放，如风雨飘摇中可遇而不可求的梦。

眨眼间方雾已来到少女身前。他仿佛嗅到了在这季节绽放的花朵的阵阵芬芳，平静如水的心里也泛起了涟漪。他感到茫然若失。沿途风景再美丽，他却没有驻足流连的理由。惋惜间，视线又重新调整回正前方，继续前行。与沿途的美好不期而遇，却擦身而过。

又能怎样呢？法学探索的道路上注定是孤独的。

"是方雾同学吗？"侧后方传来了银铃儿般的声音。

是方才少女的问话，他心中起伏剧烈，没敢直视少女的眼眸，低头拼命组织语言，不受控制的余光扫到她的裙边，让他面红耳赤。"啊……对！"

少女阳光爽朗，和方雾判若两个时空的生物。"上次在学院礼堂上，你提出的'恶法非法'与'恶法亦法'十分有趣呢！"

方雾记得，那是上学期在全校新生欢迎会上回答问题时提出的观点。在千人礼堂里，他面对校长随口抛出的问题进行的现场回应。不为出风头，只是因为面对法学的一时狂热。十多分钟的观点阐述稍显激进，着实让在场师生目瞪口呆。

"我还以为……"一直被当作怪人的方雾第一次感受到被人欣赏能如此愉悦。原来有人并不在意他的外表举止，仅因思想上的碰撞而赞同他，他心中难得窃喜。他鼓起勇气，慢慢将视线抬起，可还是没能把舌头捋直。"啊……感谢。"

"有空能请教你几个问题吗？哈哈，还没做自我介绍，我叫石小婉，请多多指教！"

少女言毕，莞尔一笑，身后的阳光同时灿烂了起来。

那一瞬间定格成为一幅画，魂萦梦系，羁绊一生。

学校图书馆的二楼，走廊尽头那张课桌，他身旁多出了一个身影。她的出现充实了方雾的字典，里面有了先前不曾有过的情绪。有了喜怒哀乐，有了忐忑惊慌，有了面红耳赤，有了酸甜苦辣。他发现自己变得更加立体，变得有血有肉，不再循规蹈矩。

她格外欣赏他，欣赏他的专注与学识。

他暗暗喜欢她，喜欢她的纯真与美好。

太阳东升西落，天空云卷云舒，蓝花楹也在青涩的岁月里花开花落。

大二那年，他腋下湿了一片，紧握拳头，缓缓吐出了那三个字：我爱你。她笑靥如花，第一次牵起了他的手。两人并肩沿着校园漫步。晚风拂过，凉爽轻快。

大三那年，她周末领着他在市区玩了一整天。他们第一次在咖啡厅里喝拿铁，尝到了从未吃过的西冷牛排，还看了一场新上映的美国大片，攒了一个多月的生活费也付诸东流。回来时，因为没赶上回校班车，深夜被学校保安拒之门外。两人坐在路边，他讲着小时候的故事，她像孩子般托腮聆听。侃侃而谈的他总习惯将目光投向远方，回头却发现身旁那人已靠着他沉沉睡去。偷偷端详她的脸颊时，他已忘记身处何方，所为何事，一时痴了。忽然一个哆嗦，他又意识到什么，赶紧脱下外套往她身上披去。为她裹上衣服那一刻，他轻轻地、悄悄地抱了她一下，暖意从心间蔓延周身，感觉不冷了。那个晚上他就这样守护着她，有种偷偷的幸福。

大四那年，毕业的临近让所有人都忙成一团，各奔东西。打工的、回老家的、考研的……这天转眼间就来到了面前，催促每个人匆匆做出决定。各种文艺晚会迎来送往，门口小餐馆里人头攒动。毕业的季节，也是离别的季节，那时没有手机，没有高铁，好多人转身一别，就是永远。女孩家里在当地为她找了一份工作，好好上班就可以衣食无忧。男孩家里也让他回去，凭他的条件进入司法系统一点不成问题。华南政法大学的校园，或许只是一段美丽的交集，美得令人心碎。

校园里，他和她再次来到了蓝花楹下。他们是从这里开始的。

蓝花楹的花语你知道吗？宁静、深远、忧郁，在绝望中等待爱情……

"嫁给我吧！"男生模仿着国外小说中的场景，牵着女生的手，生硬地单膝跪地。

知了声、喧嚣声那一刻在耳边霎时安静。女孩呆住了，她不曾想过这样的举动会出现在他身上。方雾冷静、理性，几乎将所有的心血都倾注于法学钻研。她虽然爱他，也在等待，但从未奢望可以成为他未来规划的一部分。

男孩仍跪在地上，头脑一片空白。不同于法学理论，那些背过的台词他早忘得一干二净，憋得满脸通红。而此刻的女孩眼中已有泪花闪动。

"傻瓜，我愿意！"

我想这辈子再也不会爱上别人，不是他们不好，也不是你太好，是我的心只认得你，只记得你安静的眼神和嘴角的弧度。纵使老去，也不会模糊……

这段话方雾原本背了好久。

\* \* \*

"哧哧……哧哧……"

电视里发出的一阵白噪音将遥远的思绪拉回现实。方雾已经忘记如何回到家中,他前倾着身子坐在沙发上,眼前的电视不停闪烁着白色雪花。

方雾眼眶深陷,眉头紧锁,将右手旁的安眠药拿了起来,轻晃两下瓶身,又犹豫着放下。左手旋即端起杯子,喉结上下起伏将水一饮而尽。他喘着粗气,胸口剧烈起伏,十分疲乏。他摊开左手,端详着无名指上的戒指,眼神变得柔和,喘息渐趋平复。


梁钰晨绑架案的专案组设立在城东分局的第二会议室内。夜幕降临,墙上挂钟已指向了九点,但刑侦队的同事仍围成一圈,在硕大的办公桌周围坐下,目光纷纷聚焦在队长陆洪涛身上。

"我现在就各小组的情况反馈,进行案情回顾!"

不到四十岁的陆洪涛声音洪亮,话语掷地有声。他板着脸起身,手指在桌上敲了两下,敦促所有人将注意力集中。服帖的公安制服使他显得高大挺拔,不怒自威。

"被害人名叫梁钰晨,二十一岁,华南政法大学大四法学系一班学生,与其父母梁果孙澜均为本地人,家住城东福山路六十七号。根据梁果的证词,犯罪嫌疑人于二〇一七年四月十八日凌晨一时许使用梁钰晨手机向他去电,告知其子已被绑架。同时,嫌疑人通过同城快递将梁钰晨的随身物品包括钥匙、钱包等寄到了家中,不过经物证组提取,所有物品上指纹均已被擦掉……"

所有刑警聚精会神,唯恐漏掉了什么。从警多年的陆洪涛擅长驾驭这样的场面,也享受这种过程。他端起桌上的保温杯轻啜一口,继续梳理着思路。

"电话挂断后,家属又再次拨打了梁钰晨的手机,结果提示关机,两人在商量后报警。我分局于该日凌晨二时〇二分接警后,立即向华大保卫处去电,经该处配合证实了梁钰晨当晚确未返回宿舍。根据秦局长重要指示,我局在第一时间成立了'四一八绑架案'专案组,由我们二队主办。秦局长明确了三个重点和五个强调……"

一提到秦局长大名,所有刑警赶紧翻开笔记本,埋下头,身板绷得笔直,奋笔疾书的声音此起彼落,生怕漏掉"一把手"的相关精神。这场景在陈沐洋眼里显得有些滑稽——这些人倒与白天公开课上那些求知若渴的学生如出一辙。

一名才分配来的刑警起身向陆洪涛的保温杯里续开水。停下来的陆洪涛点了下头,眼中透出满意的神色。在强调完领导精神后,他继续案情分析。

"声纹提取方面有结果吗?"

"绑匪使用了变声器,还不一定能恢复还原,而且最快也得一个星期左右……"

"需要这么久?"

"呃……"一名刑警犹豫着翻动手中的报告,"技侦组通过对声纹进行提取,发现嫌疑人不仅人为加入了噪声和抖动,还删除了随机声纹,所以……"

陆洪涛皱着眉,清楚这有多复杂。"被害人家那边的情况呢?"

"梁果和妻子都在同事的监视下活动,暂无异常,迄今也未收到绑匪的其他'指示'。"

"接下来二组,把今天摸排的情况再跟大家通报一下。"

陈沐洋隶属二组,不过此时是由该组组长做汇总发言。

"被害人的私人物品是放在中南路的一个垃圾桶上让快递取件寄送,垃圾桶位于监控死角,经排查未寻获目击者。我们通过校园走访了解,梁钰晨于十七日下午四时三十分上完课后就不知所踪,还原他的手机通话发现,当天下午四时三十二分,一名学校教师与梁钰晨通过话,内容还未来得及核实。不过,下午六时三十分,同寝室室友张凯与被害人也通过电话。据张凯称,去电是为了让梁钰晨给寝室里的兄弟带晚饭,却得知他已去市区找朋友玩儿了。"

"这证实了当时梁钰晨并未在学校。再根据同城快递工作人员证词,即晚上八时接到取件电话这一点,可以推断梁钰晨被绑架的时间段为晚上六点三十分至晚上八点整,绑匪和绑架地点均在校外的可能性较大。我们列出了几个有作案动机的嫌疑人……"陆洪涛没有抑扬顿挫的声线像念经一般,嫌疑人名单及信息被一一念出,均为被害人父亲梁果的客户,关系错综复杂。

"大家还有什么问题吗?"

陆洪涛目光如炬,朗声发问,并扫视在场人员。大多同事都回避着表示没有异议,小部分刑警迎着他的目光颔首微笑表示赞同,甚至还有人开始鼓掌。大家清楚,这只是一种形式上的询问,因此没人提出异议,这也是他每次都要达到的效果。可陆洪涛还是瞥了一眼坐在远处的陈沐洋,发现他欲言又止。

"陆队,有!"

陈沐洋站起来,说:"梁钰晨作为该校的学生,为什么嫌疑人都是校外的?而且我认为案发时间段也有待商榷。"

"我并没有说嫌疑人只能是校外的。"陆洪涛不禁皱了下眉。他不做解释,直接冷冷反问:"那陈警官今天有什么能锁定嫌疑人的证据吗?"

专案组才刚刚成立,绑匪也没与被害人家属进一步接触。根据目前掌握的情况,连稍有价值的线索都未曾获取,更遑论指证嫌疑人的证据。方才陆洪涛所列出的嫌犯只是通过犯罪心理画像在案件前期进行的推测,同样没有证据。而他撂出的话却指明要陈沐洋拿出证据,实在强人所难,话语中更带着对他今天在学校一无所获的讥诮。陆洪涛对校外人员排查得一丝不苟,对校内人员的合理怀疑却讳莫如深。这样的举动不免让他联想起了顾校长那副嘴脸,也不知他和秦局长之间是否真有什么猫腻。

"没有任何证据。"陈沐洋回答得干脆利落,却不示弱,"可既然是绑架案,那么被害人在案发后自然处于被胁迫状态。所以张凯与梁钰晨通话时,后者表述的真实性自然要打一个问号。何况迄今也未寻获梁钰晨于市区玩耍对象的线索,几名平日要好的玩伴表示对此并不知情。目前被害人手机已关机,技术组无法获取通话当时的具体定位,但针对以上假设,我再次核实了该条线索。据张凯回忆,梁钰晨与他对话简单生硬,周遭环境较安静,同时信号断断续续,由此可以推断:一、梁钰晨当时很可能处于非正常状态;二、梁钰晨当时地点位于信号较弱的偏僻地区;三、通话地点位于室内。通过这三点进行还原,梁钰晨的说法就存在很大疑点,当时他已处于被胁迫状态的可能性更大。所以个人倾向绑架发生时间为下午四时三十分至晚上六时三十分这一区间。至于嫌疑人方面:梁果目前在我市国有银行任客户经理一职,根据银行工作性质,与企业老板或政府官员往来较多,说白了就是'嫌贫爱富'。与梁果来往密切的人中大多非富即贵,为二十五万元作案的可能性不大。"

陆洪涛的结论几乎被完全推翻,不禁恼怒异常,眼睛鼓得像铜铃一般。会议室中的氛围也剑拔弩张，大家都捏了一把汗，除了陈沐洋。

"绑架案中，绑架对象的物色上无外乎两个可能。"陈沐洋拿起笔记本继续着。那上面密密麻麻的文字是他趁大家记录会议精神时分析归纳的。

"第一种可能是被害人的家庭经济基础较好，这样易于取得赎金，并且家属报警的概率较低。关于这一点我的看法是：梁钰晨目前还只是学生，暂无经济收入，父母也只是普通工薪阶层。虽然梁果从事金融行业，但实则为部队转业后的一名临时工，收入一般，而妻子孙澜只是一名超市收银员。据我所知，两人名下并没有多余房产，连现有的住宅都是前几年购入的二手房，每月还得还按揭，生活条件捉襟见肘。绑匪与其绑架梁钰晨，倒不如寻觅那些经商办厂的金主，哪个不是月入百万？勒索那些老板赎金更为可观，他们报警的概率也更小。因此我认为第二种可能性更大，即绑匪本次作案对象的选择，是基于对梁钰晨行踪十分熟悉，便于实施绑架控制。而对于住宿制在校生，最熟悉他的无外乎——"

"行啦！"陆洪涛大声喝止，他面带愠色，太阳穴上鼓起的青筋曲张虬结，犹如几条蠕动的蚯蚓，"现在绑匪还没有动静，任何推测都是合理的，但也都是主观片面的！我知道陈警官毕竟耽误了整个下午在学校寻找线索，肯定想有所作为。但我们警方办案从来都要讲究证据，不能无端猜测。何况每次案件侦破都得集合众人的智慧，需要每个人各司其职。在场物证组的同事、技术组的专家都还没有发表意见，调你来分局两年进步倒快，连他们的差事都一块儿干啦！"

陆洪涛严厉的口气中夹带着尴尬，见陈沐洋仍旧一脸意犹未尽的样子，赶紧将目光扫向会议室的另外一边，对着那边的"听众"继续说道：

"眼下梁钰晨的安危显然是头等大事，不过现阶段只能先做小范围排查，学校人多口杂，一旦暴露警方行动，会对人质万分不利。况且该校地处我市西部，是城西分局管辖片区，前期我局介入过多不符合公安系统的属地分工。目前的重点，是要紧盯每一通打给家属的电话，待局面明朗后再进行部署。小王、小肖，你们收拾一下换成便装，赶紧去梁果家，替换下现在那边驻点的同事。其他所有人保持手机畅通，时刻待命，散会！"

所有警员面色凝重，匆匆起身离去。陈沐洋根本没有注意到正狠狠瞪着自己的陆洪涛，还沉浸于刚才的推理之中。说话就事论事，对领导口无遮拦向来是他的习惯。

周围的同事已纷纷散去，他仍旧紧盯着技术组提供的一份名单，上面罗列了梁钰晨当天手机通话的详细记录。假设自己推测正确，绑架发生于下午四点三十分至六点三十分之间，那么下午四点三十二分，那名与梁钰晨通过话的老师，其证词或许颇为关键。

那名老师他今天见过，熟悉而陌生，让他隐隐感到一丝不安。


拖着有些疲乏的身体，陈沐洋的思路直到家门口才被打断。

糟糕！

他朝脑门儿上猛拍一下。今天上班前本和妻子肖依婷约好晚上回家一起吃饭，在开会前因整理汇报材料将这件事忘得一干二净，也没来得及打电话告知。

抬腕一看时间：过了十一点……大事不妙啊！

绷着神经打开了门，蹑手蹑脚的陈沐洋感觉自己哆嗦了一下。此时天不怕地不怕这等形容词显然已不适合他。

肖依婷是陈沐洋大学时的校花。她有一双清澈透亮的大眼睛和一副高挑的身材，是男生疯狂追求的对象。陈沐洋在校时开朗大方，风趣幽默，也算半个风云人物。凭借自己颇为浪漫的"手段"，成功俘获了女神芳心。小王子找到了公主也成为当年校园十大新闻之一。

毕业后两人没工作几年，就在双方父母催促下结了婚。但他们并未被柴米油盐拖累，而是保持初恋时的心态，在婚后也始终维持着校园时的激情与浪漫。陈沐洋讨厌应酬，也很少结交狐朋狗友。没有任务时就早早回家与娇妻过二人世界。他还不时偷偷制造一些惊喜和小浪漫，把肖依婷宠得不得了。肖依婷也很贤惠，把家中打理得井井有条，每次在丈夫下班后都有一顿烛光晚餐等着他。甜蜜美满的婚姻生活自然羡煞旁人，他们被朋友们称为模范夫妻。

不过最近因陈沐洋工作任务陡增，下班越来越晚，动辄无法回家吃饭，让肖依婷也开始了牢骚抱怨。这是陈沐洋最怕的事情，没有之一。从来就没怵过单位领导的他，面对家中这位"大领导"，向来唯唯诺诺。今天本来妻子说弄好了饭菜等他回来吃，称有计划要商量……

"hello——"阴阳怪气的语调打破了屋内的平静，"你的男主人已经回来了，还不赶紧前来接驾！"

"……"

"您的快递已送到，备注一栏写着'帅哥'，麻烦签字查收！"

"……"

"如果没有签收，我们就退货咯！外面抢着订货的可多啦！"

房间中依旧漆黑一片，毫无生气，按照她平时的脾气，不是吵吵闹闹就是撒娇生气，今天这是怎么了？

一股不祥的预感涌上了心头。

他寻找着房间仅有的微弱亮光。见主卧室的门缝透着光，于是赶紧换好鞋子，悄声蹑步而去。

陈沐洋小心翼翼压下门把，门后的一幕让他瞪大了眼睛。妻子一身睡袍裹得严严实实，和衣端坐在梳妆台前。她不苟言笑，连眼睛都没有往这边瞟。

完啦！完啦！看来今天媳妇儿已经气得不行，一场腥风血雨在所难免，不被嘀咕到凌晨怕是睡不了觉……

"生气对人皮肤最不好了。"陈沐洋咽着口水，晓之以理，"尤其是像我媳妇儿这种倾国倾城的大美人儿，生气简直就是毁容啊！"

"……"

"当然啦！"陈沐洋话锋一转，动之以情，"我对咱家媳妇儿那绝对是真爱，不仅因为她长得漂亮身材好。就算哪天老了，身材走样了，我也爱她。爱得无法自拔，无可救药，神啊！救救我！"

"……"

见肖依婷仍然无动于衷，陈沐洋暗叫不好，尴尬地放下了为渲染气氛高高举起的双臂。

看来得使出撒手锏了！他使劲跺了一下脚，似乎要转变"谈判"策略。

"媳妇儿我错了！今天单位临时开会，我又和我们领导争了起来，忘打电话通知你了。"画风一转，陈沐洋开始老实忏悔，沿用起了单位里的那一套,"本次事件,造成了十分恶劣的影响。本人现怀着十二万分的愧疚做出检讨,以向组织深表对这种恶劣行径深恶痛绝、痛改前非的决心。本人一定汲取教训,痛定思痛,下不为例!"

一阵插科打诨后,陈沐洋"诚心诚意"埋着头,故意没看肖依婷,等待着她训话。

"本来……"角落的肖依婷清了清嗓子,缓缓将屋内的空气戳破,"依我的脾气,十二点前你休想进这个门。念在近期情况特殊……"

近期情况特殊?什么情况?怎么特殊?对了,今天不是要商量什么计划吗?大脑正飞速运转时,一阵阴风突然袭来,陈沐洋两眼顿时一黑。他急忙扬手,才察觉那件东西触感柔软,原来是妻子的睡袍,上面还残留着主人的体温芳香。

陈沐洋矐地抬头,顿时呆了。肖依婷一身蕾丝内衣近乎全裸,凹凸有致的身材曲线一览无余。只见她上身着黑色薄纱吊带,峰涌挺拔的乳房若隐若现,下身的黑丝长袜透着白皙的腿部,显得修长而诱人。他还来不及反应,全身血液已开始急速循环,膨胀收缩,最终汇聚在了某处……他起了生理反应。

"记得上个月失败的计划吗?"肖依婷媚眼流波,嘴唇上翘更显几分妩媚,"这几天,我在排卵期……"

肖依婷还未说完,嘴唇就被扑上去的陈沐洋用嘴堵住。两人舌头立刻交织缠绕,双手在对方身上试探游走,含混着发出阵阵呻吟。

陈沐洋欲火焚身,迫不及待地将她抱到床上,略显粗鲁的动作让陷进床垫的肖依婷忍不住娇嗔了一下。她眼神迷离,温柔地看向眼前这个放肆的男人。

脱掉上衣的陈沐洋露出了结实的胸膛，倒三角的中心正带着节奏上下起伏。他俯下身，嘴唇在面前的胴体上不断肆虐，轻嗅着女人肌体深处传来的芳香。

他凑近妻子耳朵，唇间轻吹气息。

"我想要个女儿！"

## 第三章

> 因为爱美的死不是意外,她是被本班的学生杀害的。
> ——凑佳苗《告白》

"是个女儿啊!"

产房门外,方雾捧着一本《人权宣言》,等待着石小婉的好消息。可整整一个下午过去了,焦急的心情让他连序言都没看完,总在前几页来回翻动。突然听到医生召唤,他赶紧甩下手中的书本,三步并作两步地凑到了门口。

"恭喜方老师!母女平安!"

出来传话的护士带着笑颜,宣布着喜讯。

"谢谢,谢谢!大人呢?"方雾不停搓动着双手,他好久没有像这般激动了,"什么时候能见到她?精神状态怎么样?"

"马上,正在做护理。很快就能看到她了,请稍等一下。"护士言毕,转身往产房走去。

直到大门再次关上,方雾才将视线移开,脸上仍带着难以言喻的喜悦。他搓动双手贴在脸上,试图平复激动的心情。一转身,却瞧见被自己撂在一旁的书。他赶忙拾起,用手擦了擦,正打算再次翻阅,又不禁停下来摇头苦笑,于是小心将书放进斜挎包中。确保书本四角平整，然后才放心地拉上拉链。

这时，产房大门再次打开，妻子被推了出来。

方雾赶紧迎上去，看着小婉，百感交集。他本想问：疼吗？是不是很辛苦？感觉怎么样？却终究没讲一句话，只是紧紧握着她的手，抿着嘴不停微笑。面无血色的妻子也上扬嘴角，虚弱地回应着他。

"好看，好看……真像你！"

回到病房后，方雾一边抓着妻子的手，一边目不转睛地盯着她怀中的女儿，视线一刻都离不开那里。

眼前小小的生命，四肢蜷缩，依偎在母亲怀中，眼皮却不断翕动着想要张开，仿佛对未知的世界充满好奇。

"都说女儿像爸爸才有福气呢！"石小婉气色恢复了些，目光柔和，"我觉得她嘴巴挺像你的。"

方雾不由自主地伸出手，煞有其事地抚摸着嘴唇，又看了看女儿，乐不可支，一直没合拢嘴。

"都说女儿是父亲的前世恋人，有了她你还会心疼我吗？"

"啊？这叫什么话？都喜欢！我都心疼！"

"对了，"石小婉眨了眨眼睛，"出院前得登记姓名呢！得给她取个名字，叫什么好呢？"

"名字啊……"方雾总算合拢了嘴，神情严肃起来，若有所思，过了许久，又摆摆手，"还是你来吧！"

"我吗？你也得一起想想！"

同病房的新手爸妈们闻声都凑了过来，你一句我一句地给建议。但两人觉得总差点儿意思，于是连连微笑："不错不错，备选之一。"

"叫方愿怎么样？"忽然，石小婉转头看向方雾，一脸期待。

"方愿？"

"对！愿望的'愿'。"石小婉仿佛憧憬着什么，望向窗外，"希望她所有愿望都能实现。她能平安健康，幸福成长不也正是我们的心愿吗？"

方雾再次握住了妻子的手，也陷入遐思。

窗外，一个扎着马尾的小女孩，正牵着父母的手，一蹦一跳。一家三口从他俩眼前徐徐经过。

两人的手握得更紧了。

良久，石小婉转过脸问道："要来抱抱她吗？"

"啊？！"方雾感觉幸福来得有点儿突然，一时手足无措，竟激动得浑身哆嗦，"我……我，我不敢，我怕！"言毕起身来回踱了半天。他咽着口水，将藏住的双手蹭到身前，跃跃欲试，又再次放下。

"我不敢……真的不敢！我，我怕弄伤她……"

"傻瓜！"


缓缓睁开双眼，天花板上隐约浮现的霉点又呈现在眼前。方雾伸手拂讨脸颊，轻轻揩去眼角泪水，顺手抓过了闹钟。

凌晨一点半，看来又要失眠了……

他将双手向后反撑，缓慢支起身子坐起。双眼适应黑暗后，目光投向了床头柜上的一张相片。

那是一张被相框装裱起来的照片。虽说是装裱，相框款式却有些过时，是那种简单的木纹材质，带着一点岁月的陈旧气息，左上角还被磕碰出了一道裂纹。相片里，隐约可见一个白衣女子的轮廓，她的表情隐没在周遭的漆黑之中。

方雾凝眸注视着相片，目光温润柔和，好像在试图与里面的人交流。

须臾，他摇了摇头，挪动四肢，移身下床。

他顺手将一件茶色外衣披到身上，走到客厅窗前，向外远眺。

此时的城市停止了喧嚣，正沉浸于片刻的假寐中，万籁俱寂。偶有几扇窗户透出淡淡微光，如颗颗辰斗，点缀在星汉灿烂的苍穹之中。远方山脉迤逦起伏，与更远处的深邃虚空融成一片。

方雾伏在窗边，凝视着这样的夜晚，默默发呆。他望着远处街道偶尔驶过的车辆，猜想着每扇窗户里面人们的生活。

一阵晚风裹着凉意悄悄袭来，冷不防的一个哆嗦让他收起思绪，合拢上衣前襟，思考起某个问题。

一道看似无解的法学题。


翌日一早，卧室的陈沐洋就被一阵从厨房传来的"乒乓"声吵醒，那是熟练使用金属锅铲时发出的碰撞声。他揉着眼睛，打了个哈欠，慵懒地坐起。床头一侧的窗帘裹挟着新鲜空气，不断挥舞，他闭眼挑眉，神情舒缓，仿佛还在回味昨夜那些销魂的画面。

不经意间，他的目光扫到了床头柜上摆着的一个七寸相框。相片中肖依婷双手合于嘴边做呼喊状，被身材结实的陈沐洋高高扛起。两人头顶碧空如洗，身后则是一望无际的大海。

这是上次在普吉岛旅游时拍摄的照片，有三年多了吧……

想到这里，陈沐洋不禁摇头苦笑。似乎由于工作原因，好几年都没有安排过像样的旅行了。

"我们的正义战士快来吃早餐啦!"厨房里传来了肖依婷悦耳的声音。

"当当当当!"一个箭步,陈沐洋从盥洗室冲到餐厅,摆出了超人起飞的造型,嘴角还残留着漱口后的牙膏沫,"你们的正义战士来了!"

肖依婷抿嘴甜甜一笑,将西冷牛排从烤箱中端出,摆到了餐桌上。铁板十二点方向的荷包蛋早已呈现诱人的金黄色,而两旁的刀叉也摆放得颇为考究。此时,刚浇上的黑胡椒酱瞬间被高温熔化,在牛排上活蹦乱跳,将诱人的美味展现得淋漓尽致。

"今天早餐看起来真美味呢!"陈沐洋两眼放光,搓着手坐到餐桌前的矮凳上,"加上面前这位秀色可餐的佳丽,又是一天好心情!"

"别贫嘴啦!你整天工作辛苦,总是没个饭点儿,早餐得吃营养一些。"肖依婷言毕,满脸期待,"尝尝味道怎么样?"

"简直就是艺术品,怕一开动就破坏了它啊!"

"少来!快点儿!"肖依婷鼓嘴瞪了陈沐洋一眼,但心里却乐开了花。

"等下,我先拍个照!"陈沐洋连忙拿起一旁的手机,起身半蹲,动作如同一名专业摄影师。

"好啦!那我开动咯!"再次坐下的陈沐洋狂吞口水,将牛排边缘处的肉筋连接处小心切下,蘸了蘸黑胡椒酱,送入嘴中。

"嗯——"

"怎么样?"肖依婷将脸凑了过来,眨巴着眼睛紧盯着他,长长的睫毛泛着光泽。

"嗯!"陈沐洋再次提高了音调,"色香味俱全!"

话语间,他将手中的刀叉向两旁优雅划开,模仿着某知名脱口秀节目主持人的招牌动作。"完美！"

"讨厌！哪有这么夸张！"肖依婷用双手捧起脸颊，那里隐隐现出了绯红色。

"肉质肥而不腻，入口鲜滑有嚼劲，七分熟的火候也掌握得恰到好处……"陈沐洋继续将一块切下的肉送入口中，边嚼边点头。忽然，他目光上扬，双唇收拢，一副煞有其事的神情，"你真应该考虑把电台的工作辞去，开家连锁西餐厅，好好展现你主厨女王的天赋！"

"行啦，打住！再吹就过了！"肖依婷总算识破了陈沐洋的套路，旋即话锋一转，"最近你都在忙什么呢？老是半夜才回来！"

"有案子发生了呗！"

"啥案子？杀人啦？"

"不是……"

工作上的事情，特别是刑事案件，陈沐洋对家里向来三缄其口。他犹豫了一下，简单地说："是绑架案。"

"切……一天神神秘秘的！"肖依婷噘起了嘴，腮帮鼓得老圆，"谁知道你一天在外面鬼混些什么！"

陈沐洋知道肖依婷并非故意刁难，只是对近日他的晚归有些埋怨。

"还记得方雾老师吗？"不知为何，陈沐洋脱口而出。

"以前我们学校的那个法学教授？"肖依婷一脸不解。

"对，对，就是他！"

"他被绑架啦？！"肖依婷满脸吃惊。

"不是不是，哪儿跟哪儿啊！"陈沐洋使劲摆手。

"那你问他干吗？"

"以前在学校时你对他了解吗?"

"他又没教过我们班,都只是听说。"

"哦?听说了些什么?"

"没什么,就是那些啊……什么从来不参加社团活动,从来不笑,一心扑在教学上的学术狂之类。我记得他教过你们班吧?你更清楚啊!问我干什么?"

肖依婷瞥了他一眼,感觉莫名其妙,但又见眼前的陈沐洋此时若有所思,随口问:"这一次犯人很狡诈吗?"

"我感觉恰恰相反……"

"啊!什么意思?"

"嗯,没什么!"陈沐洋决定打住。沉吟片刻后又想到什么,索性将话题换了一个方向。

"如果你要与方雾这类人接触……如何深入对他进行了解,有些什么突破口?"

"习惯呗!"作为电视台一档法制访谈节目的主持人,肖依婷想也没想就脱口而出。

"习惯?"

"对啊!我对节目嘉宾进行访谈,很多时候都是从他们的习惯着手。通过一些细节就能轻松找到共同话题,甚至挖掘这些人的性格特点。"

"性格特点?"

"拿你来说,我会问:刑侦工作是否每天都回家很晚。你肯定说常常很晚回家。那我就能引出两个话题方向:一个是你工作十分辛苦,还有家人是否产生过抱怨。"肖依婷边说边加重语气,似乎另有所指,"当你称最近清闲时,我就会问任务是否已圆满完成,下班后又有什么消遣。选择陪家人还是和朋友们聚会之类……话题就会随着聊天一点点自然展开。"

"原来如此！"

"喂！今天又要加班嘛！"肖依婷一脸不快地问道。

陈沐洋煞有其事地抬腕看了看时间，忽然猛拍餐桌。"哇！不早了，我得赶紧去分局。你也赶快收拾下，到单位别太晚，先走了！老婆我爱你！"言毕，他连忙嘟起嘴巴朝妻子凑过来，肖依婷也适时闭上了眼睛。

浪漫吻别，是两人每天分别前的必修课。

"喂，你听到我说的没有？今天早点下班……"重新睁开双眼的肖依婷语气已然柔和不少。

"好好好！"陈沐洋顺手披上一件薄夹克，敷衍着迅速溜到门边，"今天一定早点回来。忘不了，有计划嘛，拜拜！"

"嗯！拜拜！"肖依婷脸上又泛起一阵红晕。

陈沐洋趿拉着皮鞋，将门赶紧带上。他扬起下巴整理衣领，想着肖依婷那些话。

习惯啊……


梁果和孙澜两人又度过了一个不眠之夜。

那通电话于昨夜凌晨打来，经变声器处理后的声音充斥着整个房间，让人心中发毛。接听的人还未反应过来，电话即被挂断，再次拨打时已提示关机。

这是恶作剧吗？假如不是，要报警吗？

四月的午夜依旧春寒料峭，孙澜打着冷战，用外套裹紧全身，瘫倒在沙发上。她目光游移不定，无助地飘向坐在电话前的丈夫。梁果愁眉不展，将手指轻轻抵在微颤的嘴唇上，端详着桌上绑匪寄来的儿子的私人物品。他权衡再三，还是拨打了报警电话。

出警后，警方向学校保卫处核实，得知梁钰晨当晚并未返回宿舍，随即立案展开侦查。离绑匪打来那通电话已超过三十个小时，孙澜感觉头晕脑涨。虽然她刚开始被吓得不轻，但总有个声音在脑中不断安抚她：或许是场恶作剧吧……绑架这种事情怎会发生在自己身上？她也希望是儿子在搞什么恶作剧，故意让他俩这般担心，并做好了向警察同志解释道歉的准备。

——不好意思，真对不起，给你们添麻烦了，我们会承担相应责任的！

孙澜不断打着腹稿，假如真是一场恶作剧，她会"开心"地承担一切责任。

可昨天一早，随着便衣刑警登门及一系列工作的展开，她的心情更加沉重。调查取证、关系排查、笔录签字……孙澜浑浑噩噩，已记不清被警方问了多少次：是否跟谁有过节、最近是否得罪了什么人……她面无血色，不住摇头。看着挤满客厅茶几的侦察设备和满地纵横交错的计算机线，她感到绝望。

这不是恶作剧，而是一场无法醒来的噩梦……

梁果果断报警后积极配合警方调查。作为当下家中唯一的男人，他知道这时一定要镇定、沉着，打起精神。两人昨天在电话前守了一天，愣是没有半点儿动静。偶尔呼入的电话让他们神经顷刻绷紧，一看却是单位同事。

整整一天两夜，几乎没有线索，驻点刑警也显得无所事事，轮班换了一批又一批。梁果和妻子则几乎没怎么吃喝休息，始终守在电话边，晚上从沙发传来的鼾声让他俩心烦意乱。

他们希望能得到哪怕一丁点儿有关儿子的消息，因为这种等待太过折磨人。可警方并没有透露关于案件的任何情况，每次得到的回答都千篇一律：我们已经立案了，你们要相信警方，要坚强！

梁果变得焦躁起来，他开始后悔报警，不断猜测绑匪是否已经……他不敢想，更不敢宣之于口，否则妻子一定会疯掉。这个小家是两人几十年来一点点建立起来的，他接受不了任何意外。

"你们警察不是有那么多高科技的东西吗？为什么连手机位置都无法锁定？"

早上七点二十分，始终等不到消息的孙澜实在按捺不住，冲着沙发上睡眼惺忪的两个年轻刑警发问。她一绺绺头发毫无生气地垂落在脸颊两侧，一副病恹恹的样子，脸色十分难看。

"为什么还没有找到我家小晨？为什么？我家小晨那么听话，你们为什么还没找到他？"

两名刑警揉揉眼睛，面面相觑，露出了无可奈何的表情。

眼见警察无动于衷，孙澜声音慢慢哽咽，让人不忍卒听，她本就有些红肿的眼睛再次充血。

梁果见状，急忙扶住了孙澜的胳膊肘，轻轻搀着她。"没事的！没事的！绑匪只要钱，我们把钱给他就行了，咱们儿子不会有事，一定能平安归来！"

"前天我应该给他打电话的，那天就有种不好的预感……果然……都是我的错……"孙澜将头埋进了丈夫怀中，这让他感到胸口处一阵湿润。梁果条件反射般地将目光扫向茶几一隅，发现那里的面巾纸早已被抽光了。

"这不是你的错，和你没关系……"

"不会绑匪已经知道我们报警了吧？啊！"

"你别乱想，不会的，咱们可别自己吓自己！"

沙发上的刑警谁都没搭腔，默默坚守着岗位。大家纷纷盯着屏幕，双手一通操作，佯装忙碌来缓解这揪心的一幕。

"叮叮……叮叮叮……"

电话铃声适时响起。

恐怕又是无关人员打来的，梁果迅速扫了一眼来电显示。

"是他！"

刑警交换着紧张的眼神，点了点头，立即进入备战状态。其中一名高个子急忙带上耳麦，左手拇指和无名指熟练地按住了"Alt+Tab"，将桌面上的纸牌游戏最小化，顺手打开了录音设备，右手同时比着"OK"。另外一个较胖的刑警盯着梁果，快速盼咐："和昨天说的一样，尽量拖延时间，并争取让被害人讲话，确认他的声音，切记！"

孙澜双手死死抱着胸口，紧张得不住哆嗦，指甲不觉已在上臂处划出一道道血痕。

梁果拨开前额被汗水濡湿的头发，深吸一口气，接起了电话。

"喂……喂……"

"……"

"听得到吗？"

"……"

"这里是梁果家……"

"……"

话筒另一端的沉默，宛若无声无息的黑暗，快要将梁果吞噬。他不安地朝刑警望去，那边对他做出继续的手势。唯恐信号不好，他将耳朵死死贴在了听筒上，耳廓被强压得生疼。

"喂？听得到吗？"梁果再次问道。

电话那头终于传来了动静，是种由机械共振发出的冰冷声响。已被处理的声音夹杂着金属感，通过卷曲的电话线传入梁果的耳膜，刺激着他脆弱的神经。

"你报警了吧！"

梁果倒吸一口冷气，大吃一惊。孙澜满脸哭腔，慌忙捂住嘴巴，仍不住发出"呜呜"的惊呼声。

"没，没有！我们没有报警……这两天我们都在筹钱……"

"记住！报警就再也见不到你们儿子了！"

"好好好！你要什么我们都听你的，都听你的！"

"那我再问一遍，报警了吗？报警没关系，我要听实话！这是给你们最后的机会！否则真就再也见不到儿子了。啧啧啧……你看他现在多可怜……"

梁果犹豫起来，嘴唇都快被牙齿磕破了。一旁胖警察扭曲着脸，大幅度地交叉挥动双臂，示意这是绑匪惯用的伎俩，千万不能承认。

"没有，真的没有报警！求你了，相信我，真的没有报警！"

梁果紧咬牙关，声音坚定起来，大脑索性完全放空。你就是现在杀了我儿子，咱也是一万个没报警！

"钱准备好了吗？"那头的声音平缓下来，冷冷发问。

梁果刚要回答，想到了警方的交代，遂壮起胆子。

"人没事儿吗？能……让我听听他的声音……"

"不行！"

"为什么？钱我们会给，拜托让我知道他平安无事，求你了……真的求你了……有什么困难都可以跟我们说，什么都帮你——"

"明天中午十二点！"电话那头的呵斥声打断了梁果的哀求，"南方公园中心广场，你一个人带着现金过来，到达后再等我下一步指示。记住！现在让警察退出还来得及，明天若还是这种表现，你将再也见不到他！"

"啊！好！好！让我先听听……"

"嘟嘟嘟……"

电话突然被挂断，拉长的忙音嘲笑着梁果的徒劳。他放下听筒，六神无主，发现全身已被汗水浸湿。

须臾沉默后，高个子刑警缓缓宣布："被害人手机再次关机。"

"查到通话地点了吗？"胖刑警问。

高个子摘下耳机，悻悻地说："查到了，但……"

"但什么啊！"梁果颓然的脸上重新燃起了希望，大步凑到刑警身旁，连声追问。

"犯罪嫌疑人在不停移动，所以辐射范围较广。他应该是在行驶中的交通工具上拨出的电话。"

"不能在附近设卡拦住他吗！"梁果几乎喊了出来，经过三十多个小时的等待，他不能眼睁睁看着机会溜走。

"嫌疑人可能的活动范围直径五公里左右，且是市区中心。现正处早高峰时段，那一带所有的地铁、公交车、私家车多如牛毛，根本无法查找一个已经关了机的电话……"

"你们！"梁果蓦地鼓起双眼，骤然发飙，"你们是干什么吃的？都一天多了还没有任何眉目。每次总让我们等等等，让你们负责人过来，他得给我们一个交代！"

"梁先生请不要激动，希望你继续配合我们，否则只会阻碍案件侦破。"胖警察神情一肃，用标准化的话语应付着。

"我还怎么配合？你说！我还要怎么配合你们？这两天我难道还不配合吗！"

好不容易盼到了绑匪电话，却对侦破案件没有任何实质性作用。这如同一根导火线，将梁果这两天憋着的火气悉数引爆。

"绑匪他说明天还是这个表现，我们……"一旁的孙澜终于抑制不住情绪，擤着鼻子，眼泪夺眶而出，"我们就再也见不到小晨了！他说现在让警方退出还来得及……我们是不是不该报警啊……"

眼见此景，梁果回头一把抱住妻子，她早已脆弱不堪。

"相信我！小晨会回来的，相信我……"

沉重的阴霾笼罩着这个不幸的家庭。可任何人都没有想到，事态在短短几天后竟演变成了那个样子。

"绑架罪的定义是什么？"

方雾用粉笔将黑板上的"绑架罪"三个字圈了起来，回头向台下提问。

一名学生举手示意，自信满满。"是指以勒索财物或满足其他不法要求为目的，利用被绑架人的近亲或其他人对绑架人安危的忧虑，使用暴力、胁迫或者麻醉方法劫持或以实力控制他人的行为。"

"标准答案，很好！"方雾表示赞许，但面孔没有任何表情，"提高一点难度，注意听！"

那名同学如临大敌，竖起了耳朵。课堂上的其他同学也专心致志地听着。

"罗大爷与张大爷赌博打麻将，张大爷发现'自摸'后过于兴奋导致心梗猝死。经在场人员证明，该轮张大爷本可赢得五千元。张大爷的独子张某多次找罗大爷理论并要求他将当天本应赢得的五千元偿还,被拒绝后遂将罗大爷绑架,向其家属索要五千元赎人。"方雾边说边走到台下,靠近了那名学生,"请详细阐述一下张某的行为是否构成绑架罪。"

课堂开始哄闹起来,讨论声此起彼伏。

那名学生张了张嘴,试探着回答:"不构成……"

"很好!为什么不构成能详细为我们分享一下吗?"

"张大爷通过赌博的钱是属于非法的,张某不享有继承权。但张某也不是无中生有,五千元并没有超过这笔非法债务,我认为不构成绑架罪。"那名学生断断续续,以试探的口吻叙述完了观点。

"既然你都分析该笔债务系非法债务,那他是不是就不能主张这笔债权了呢?"

"啊……是的。"

"既不能主张这笔债权,那么他绑架罗大爷索要五千元不就是无中生有,为何又不构成绑架罪了呢?"

"这……"那名同学猛搔头皮。

"好的,请先坐下!"方雾将视线扫过整间教室,正欲展开讲解,却瞥见后门出现了一个身影,"关于这个问题,李同学的答案是正确的。课后大家可以延伸学习一下最高人民法院《关于对为索取法律不予保护的债务非法拘禁他人行为如何定罪问题的解释》。"

"叮叮……"下课铃声响起。

"今天就到这里吧!下课!"言毕,方雾转身步出教室。而教室后门处的那个身影也迎面冲他走来。

"方老师您好!我们又见面了!"陈沐洋嘴角虽挂着笑意,脸色却稍显凝重。

面对曾经的学生，现在的刑警，精通学术的方雾不知以何种身份去应对，人情交际向来是他的软肋。

"你好啊！"方雾直直看着他，木然的脸上宛如戴着一个面罩。

"刚才在门外蹭课……"陈沐洋吐着舌头，"还挺有当年的感觉。"

"也就是说我的水平和那时差不多，原地踏步咯？"方雾板着脸，显得一本正经。

陈沐洋一惊，转而笑道："原来方老师也会开玩笑了！"

方雾难得的揶揄，让陈沐洋有了一种与这位严师拉近关系的错觉。他朝方雾打量几眼，那人仍是一身不修边幅的打扮，气色反而比昨日更憔悴苍白。

几近一片死寂的白。

"怎么？有空又来找我叙旧了？"方雾视线回到了正前方。

昨天陆队那番话的言外之意十分明显，而工作中陈沐洋顶撞上司被排挤也不是头一遭。目前，陈沐洋没收到组里任何通知，连今早嫌疑人那通电话都是同事转告的，看来他已被彻底边缘化了。今天再次来学校，他自然有一番打算。

"倒也……"陈沐洋停顿片刻，又索性说道，"这几年工作倒一腔热情，可总是和领导不合拍，处处受到打压……唉！拍马屁向来不是我的强项。"

说完这话的陈沐洋又觉得有些可笑，完全找错了倾诉对象。眼前这个人更不擅长曲意逢迎拍马屁。此时方雾停下了脚步，冲着几名学生点头，不禁让陈沐洋发出感慨。

"还是在学校好！一生只钻研一件事，也不用看领导的脸色。"

"这就是你不对了。"方雾回过头，"我对上司可不敢有半分不敬。"

"啊?"这个回答让陈沐洋大跌眼镜。

"我对上司从来都是毕恭毕敬,要不然哪有今天的成就和地位呢?"方雾的神情不像是在开玩笑。

陈沐洋脑海里勾勒出了这样一幅画面,大腹便便的顾振江跷着二郎腿,窝在老板椅中。他品着罗曼尼康帝,神色怡然自得。方雾则立在一侧,不住对着他点头哈腰……

"法,就是我唯一的上司!"方雾看向陈沐洋,"咦?你怎么……"

"啊!没什么……"陈沐洋不住摆摆手,将倾斜的世界观拉了回来,"这个比喻真让人浮想联翩啊!"

"比喻?或许是吧!"方雾正色道,"确切来讲,法就是我心中的神明!"

陈沐洋看向方雾,揶揄道:"老师您太夸张了!"

"一点也不夸张。对于我的毕生追求,这是我能找到最恰当的形容词。在我心中,法与神是画等号的,法就是神明的化身……"

此时太阳已西斜,洒下一片余晖。两人一前一后,信步走在树荫下,轻抚而过的微风不时将花粉带落,黏附在二人身上。

"中世界的西欧,思想领域中基督教神学占统治地位,法学成为神学的一个分支。但今天绝不是要鼓吹唯心论,我可是个彻头彻尾的唯物主义者。拿自然万物举例:寒来暑往,冬去春来,昼夜相继是最基本的自然规律,是客观的。任凭人类科技再发达,思想观念再开放,也无法改变分毫。同样,社会也有着它的规律,我们称之为秩序。公序良俗、基本道德、法律法规就是我们的社会秩序,也是客观存在的。"

陈沐洋尝试着理解，可还是脱口而出："自然规律是客观的我理解……社会秩序乃至法律法规难道也是客观的吗？它不是依赖人类主观制定的吗？"

"是客观的！"方雾视线保持平直，语气坚定，"人类的每种行为看似是主观上的选择，其实处处受到客观条件的制约，概莫能外。比方某人可以选择整天粒米不进，后果自然感到饥饿；同样，人类可以选择如蛮荒时代般自相残杀，但当有一天发现，这样不利于生息繁衍，于是就有了法律规制。诸如人饿了就要吃饭，憎恨他人也不能随意杀戮，小到常识、大到法律，都是人类不得不遵循的秩序。这样的秩序虽由人制定，但它从无到有，由简至繁，经历了时光的考验。而我所说的法，更不是人类主观臆造的，而是一代代研究工作者们前赴后继，不断摸索出的最契合这个社会的规律。我将这种客观规律，称作逻辑，来自神明的逻辑。"

"神明的逻辑……"陈沐洋喃喃自语，觉得自己懂了，又好像什么都不懂。他朝方雾望去，却见这个中年男人冲道路尽头的荒芜深处发着呆。远方，一栋破旧废弃的教学楼正孤零零地立在那里。

"方老师，你在想什么？"

方雾思绪似被打断，示意陈沐洋往回走，接着方才的话题："所谓神明，虽只是我们心中的信仰，但从方法论上却能指导我们的言行，并服务社会。当然，法律相对于社会的演变发展，具有一定的滞后性。但它也在不断修正优化。至少，现阶段的法律是最契合当下社会的行为准则和处事逻辑。"

"抛开相对的滞后性，不少人对当下法律感到失望，认为它只保护有权力者，许多时候无法维护弱势群体的利益……"陈沐洋想到了近期在互联网上被炒得沸沸扬扬的几起判决,"学生虽不能苟同,但此类案件确实让人大跌眼镜。"

"诚然,这种与公众期望有偏差的案件不胜枚举。可罪魁祸首是法律自身,还是有法不依、适用不当,甚至司法工作者自身的素养不足呢?"

陈沐洋明白了方雾的意思。

"显然,一些冤假错案是公检法从业者或因一己之私,或因主观臆断,在司法实践中运用了不恰当的法条所致。在我看来,这恰恰证明了法律与程序是任何时候都不能去违背的逻辑。特别是许多从业数十年的公检法人员,自以为可以代表公平正义,凌驾于程序之上……"方雾说到这里,不禁摇了摇头,"人啊!总是过于自负,妄图开天辟地,改变世界。殊不知在神明面前,一切是那样渺小。"

陈沐洋紧跟在方雾身后,大脑飞速运转。虽从未对法学进行深究,但眼下也被方雾的思路吸引,竭尽所能去理解吸收,唯恐错过一星半点。

"一切看似深奥,其实并不复杂。万物的发展演变造就了法,无形中法管理并服务于万物。它并不是高高在上,而是在你我身边。只要愿意,就能与神明对话。"

"对话……与神明?"

方雾停下了脚步,两眼熠熠发光,朝远方逶迤蜿蜒的山脉凝神远眺,这一刻余晖在他头顶稍作停留,在半空染出一圈光晕。

"其实,每个人心中都有一尊神明,与自己的神对话,他会告诉你什么能做,什么不能做,帮助你去适应这个世界,以最优方案去融入这个社会。

"反之,不与神明建立交流,甚至藐视逻辑。不论这个人如何聪明,终将聪明反被聪明误,受到惩罚。如考试作弊,纵使伎俩再高超,欺骗的只能是自己;经商缺斤少两,以次充好,看似短期尝到甜头,长久必尽失诚信,砸了招牌;再如有人贪赃枉法、杀人越货,自以为能逃脱刑律制裁,却躲不过因果循环,天理报应。天网恢恢,疏而不漏就是这个道理。"

夕照愈发灿烂,落日的光芒在陈沐洋的脸颊上不断摩挲。他眯住双眼,隐约感觉方雾的身躯已淹没在广袤的金黄之中。

"所以,天道忌巧,不要总想着走捷径,更不能以为可以悄悄打破逻辑。若要人不知,除非己莫为,因为举头三尺有神明。相反,人们心中只要供奉着这尊神,自然会得到眷顾和护佑,无往而不利。司法工作者心中有了这尊神,才能大公无私,仗义执言;商人有了这尊神,才能童叟无欺,货真价实。"方雾端视着陈沐洋,意味深长,却没有注意到他脸颊越发绷紧的线条,"刑警有了这尊神,才能惩恶扬善,惩奸除恶。它为所有人指明了道路,帮助你懂得生活和爱、善和恶、罪行和原罪、宽恕和救赎,甚至通往重生的道路和不复的地狱……"

"相信方老师是一个绝对遵从神明的人吧!"陈沐洋猛然开口,脱口而出的问题,连自己都毫无防备。

他面向方雾,屏住呼吸。眼前那片光晕中呈现出一个漆黑的身影,宛如潜伏在光芒中的黑暗,渺小却醒目。

方雾沉默不语,没有回答。

"方老师对这次绑架案的嫌疑人怎么看呢?"陈沐洋对着眼前模糊的轮廓,继续发问,"这样的人,在老师眼中是否已经打破了逻辑?"

"这个人还敬畏他的神明吗?他最终会受到惩罚吗?"陈沐洋攥紧拳头,嘴唇不住颤动。他想知道答案。

"到底昨天下课后的那通电话里,老师跟梁钰晨说了什么?"

那个阴影没有回答。两人就这样在原地对峙着。许久,方雾才张开嘴。

"今天,就先到这里。下课吧!"

这次没有掌声,那个佝偻的身影将手插进衣兜,径自转身,渐行渐远。他夹克的衣领在风中翻飞,拉得瘦长的影子匍匐在地,很快隐没于成群的学生之中。

校园一如往常,宁静得只听得见树叶的"沙沙"声。陈沐洋兀自留在原地,深深呼吸。须臾,他才将攥得死死的拳头缓缓松开,掌心已残留着一块块发红的印痕。

两人虽仅有师生之缘,但陈沐洋了解这个人:遇事冷静、理智,绝对不会做出半点违背道德法律之事。无论如何,都不会通过犯罪去解决问题。这一点陈沐洋之前笃信无疑,今天却出现了一丝动摇。

就在遇见方雾前,他已提前来到学校着手调查。他找到了校车司机,亮出身份后询问了方雾近几日乘车的情况。陈沐洋本想做一个简单排除,为方雾在那通绑架期间的电话记录洗清嫌疑,同时也打消自己的困扰。这个困扰小如沧海一粟,却始终盘桓在心中,挥之不去。

其一,方雾作为该院院长,对学生安全本就有着不可推卸的责任;其二,方雾在与被害人通话后即发生绑架,且在昨日回答陈沐洋的提问时未主动提及去电一事,这无疑加重了他的嫌疑。虽然方雾一心教学,从不把外在影响当回事,但这个不利的事实着实让陈沐洋昨天汇报时不敢放开手脚。因为一旦以学校为中心确立调查,那么方雾就会成为首先被调查的对象。纵然这么一点嫌疑,陈沐洋也希望优先将其排除,不至于案件后续调查打扰到他的教学工作。

可查到的结果让陈沐洋的心沉了下去。

校车司机郑师傅交代,在他任职这十多年,方雾都是坐他驾驶的公务车往返。纵使教学研讨加班,也都搭乘夜间第二趟班车回家。每一次都是在学校上车,每一次都是在方雾住处——长福路站牌下车。十多年如一日,除了这几天……

郑师傅未必记得每次发车都有哪些人搭乘公务车,但沿途停靠站牌都会和下车的人点头道别。特别是长福路站牌,常年就只有方雾一人在那站下车。十多年来,在该站牌停车并和他告别俨然成了一种习惯。而自前天起,方雾就没有乘坐校车,第一次出现这样的状况让郑师傅印象十分深刻。

言毕,郑师傅还一脸担忧,反问陈沐洋,是不是出了什么状况。陈沐洋强压住内心掀起的波澜,称没什么事,摆摆手道谢离开。随后,他托单位同事调取了市内几家大型车行的租车记录,证实了方雾在去年年底就租用了一台中型轿车,交叉印证了他这几日的代步方式。

习惯……

就在今晨,受妻子启发,陈沐洋将焦点放到了方雾的习惯上。因为他清楚,方雾是一个循规蹈矩,行事严谨分明的人。倘若每天要做一件事,势必定时定点用相同的方式去做,他在学校与住处间往返多年来搭乘校车就是最好的证明。

十几年的习惯被突然打破,对于方雾来说实属反常,偏偏还发生在绑架案这一天,未免过于凑巧。并且,方雾昨天婉拒搭乘顺风车时,为何要谎称乘坐校车?更值得注意的是,他去年年底就已将车租好,仿佛真是为了谋划什么……

陈沐洋不敢继续往下想,倘若梁钰晨是被方雾绑架的,为便于作案，后者极有可能通过交通工具转移人质。这样，方雾提前租车，当日自行驾车就合乎逻辑了。随后，陈沐洋拜托交管局的朋友调取了长福路的监控，果然发现当晚他驾驶的轿车于十点左右才返回住处，可由于学校门口的华新路正在重建拓宽，监控还未正式运行，当日方雾下课离开学校后的整整五个小时究竟去了哪里，又做了些什么，已经难以核实。

疑团纷至沓来，都将矛头指向了方雾。本来，陈沐洋不愿这般无端猜测，但方老师改变的习惯、拙劣的谎言、提前租车的行为、下课后那通电话等种种不合理行为，这番猜测反而变得合理起来。若针对普通人，这样的揣测确有捕风捉影之嫌，凭这些线索就进行怀疑未免过于敏感。可基于方雾的习惯——那是种刻入骨髓的特质，一切发生在他身上就极不合理。陈沐洋隐隐有种预感，这个男人对法律的敬畏，对逻辑的恪守，或许已被他亲手打破。抱着这些杂乱的忖度，当陈沐洋听到方雾那套理论，不禁将一连串的疑问脱口而出。

面对方雾的沉默，不祥的预感在陈沐洋脑海中彻底弥漫，久久不能散去。

## 第四章

> 它直接讨论了性、权利、金钱、子女、婚姻、离婚、工作、健康、前世、来生等等一切。它探讨了战争与和平、认识与无知、给予与索取、欢乐与悲哀。它关注具体与抽象、有形与无形、真相与谬误。
>
> ——尼尔·唐纳德·沃尔什《与神对话》

黑暗中,方雾小心欺近阳台,向前伸出双手,口中念念有词。"小婉……回来,不要!你不要这样!"

视线前方,石小婉正坐在阳台栏杆上,身子已悬在半空中,一身白色睡裙被晚风不断吹起,裙摆随风飘动。她一只手紧握着栏杆苦苦支撑,另一只手紧抱着襁褓中的方愿。女儿此时熟睡正酣,全然不觉已身处险境。

"不要过来。"石小婉面无血色,表情冷淡,"没有用的,不怪你,不要试图寻找真相……不要……"

"我绝不能让你们母女的冤屈不明不白……给我一次机会,我一定……啊!"

还未待方雾说完,石小婉便松开了手,带着微笑消失在他的视野里。

"不!"

方雾惨叫一声,顿觉头疼欲裂,眼前旋即一片空白,仿佛置身混沌之中,回过神来,却发现已身处小区门口。

他猛然抬头,向家中阳台的方向望去,一个女子抱着怀中婴儿从七楼飘然坠下。女子的裙摆在空中四散展开,在夜晚的映衬下犹如一朵凄然凋零的蓝花楹花瓣。她在风中飘荡、摇摆、无依无靠,最后坠落在地,发出了刺耳的碰撞声。

方雾正欲朝"花瓣"坠下的方向跑去,却犹如隔着一道虚空屏障,双腿无论如何发力,只能在原地打转。

他知道,一切不是真实的,一切都只是二十五年前的幻影。

方雾跪坐在原地,望着那个方向潸然泪下。时隔多年,他仍然无法忍受这痛彻心扉的一幕。

随着一声划破夜空的尖叫,周围的行人逐渐拥了过来,挤成一团,议论纷纷。人们将事发现场团团围住,也阻隔了方雾的视线。

这时,小区门口出现了一个人影。那人轻蹙眉头,步履匆匆——那就是二十五年前的自己……

只见"自己"放慢了脚步,神情有些惶惑。当听见周遭人群的议论声时,他的表情转为震惊,手中的背包随即松开掉落在地,扬起些许尘土。他拖着沉重的双腿朝那个方向移去,经过"自己"身边,扒开了人群,扑倒在妻女面前,浑身不停颤抖抽搐。救护车声、警笛声在远方幽幽响起。

曾经的自己就趴在十米开外的地方,撕心裂肺,方雾转过头,不忍心看。这样的场景如电影一般,时常在脑海中浮现……那个改变了一生的夜晚……

"咚咚咚……"

一阵敲门声打断了方雾的神游。

"谁?"坐在办公室的方雾将视线投向门口,清着嗓子问。

"方院长,是我,小李!"

方雾用手抚触着脸颊来回搓动,吸了口气。"请进!"

一位三十来岁的年轻老师出现在门口。他没有急于进门,而是朝方雾投来征询的目光。

"进来坐吧!"方雾抬头看了一眼墙上的挂钟,时针已指向了晚上七点,"有事?"

李老师慢慢坐到方雾面前,习惯地望向方雾身后的墙上。那里,悬挂着他这辈子都无法企及的目标:"全国十大杰出中青年法学家"、"国家青年法律学术银奖"、"司法部全国优秀教材与科研成果二等奖"、"美国犯罪社会学会国际学术奖"……挂得最高的却是一个校内奖项:"华南政法大学十大最受欢迎教师"。

"方院长还在办公吗?都这么晚了。"

"嗯。"方雾顺手拿起一旁的书本,随手翻了几页,"还在查些资料。"

"听说这个月您把课都排满了!"李老师试探着问道。

方雾皱了皱眉。"嗯,有事儿?"

"我和妻子商量了,这次陪产假我决定不休了。这学期教学任务挺重的,我决定明天继续正常上班!"

"嗯……弟妹要生产了啊!"

"是的,上周是您在我假条上签的字呢!"李老师回想起了方院长签字时的场景,一副漫不经心的样子,无关教学内容的事情他似乎从不感冒。不过这些都是次要,他再次强调着重点,"我可以把这段时间先扛过去,毕竟还两个月就放假了嘛,之后有的是时间陪她们。九月份开学才回学校的话,算算差不多能带到五个月大了,因此我决定不请陪产……"

李老师边说边瞄向方雾，打算揣测领导反应，却见这个人双眼涣散，形同梦游。

五个月……都能翻身了吧……说不定还可以靠自己撑着坐起来呢……

"方院长，方院长！"

"啊……"方雾回过神来，缓缓回应，"这样不合适吧……妻子生孩子是好事，陪产假也是国家规定的正当休假，没关系的。我们专业还有黄老师嘛，这几天他会来帮忙分担的，你不用担心。"

方雾心不在焉的解释，让李老师心中闪过一丝愠怒，他早猜到是那个黄老师来接替余下的教学任务，这也是他决心放弃休假的原因。那位黄老师与自己同龄，本在一所中学教书，经在职深造后才调到华大，按理说怎么也该排在自己后面。可几年下来，他在同事和领导面前口碑都不错，大有取代自己的势头。恰好目前法学系还有一个副主任的空缺名额，人选多半就在两人间择其一。可偏偏那个黄老师都已经三十来岁还没有结婚，甚至连恋爱都没谈，成天不修边幅，埋头工作，颇有方雾院长当年的味道。而李老师结婚后慢慢担负起了更多责任，需要兼顾工作与家庭，这让他疲于应对，逐渐力不从心。

得知妻子怀孕后，李老师有些不知所措。一方面，他为这个小生命的到来感到欣喜，另一方面却感到肩上的担子越来越重。眼下妻子即将临盆，可偏偏本学期期末学校将进行新一轮的职位换血竞聘，若是在这个节骨眼儿上休假，等于在最关键的时候掉了链子。把一切交给黄老师打理，那将拱手让出期末竞聘的主动权。

"哦！谢谢方院长挂心！"李老师早有准备，简单感谢后话锋一转,"我妻子已经送到医院待产了,而且双方父母也已经商量过,由他们负责照顾,没问题的!实在不行,两个月后放暑假了我再慢慢陪她,工作要紧嘛!"

"工作当然要紧,不过……"

"没关系方院长,我已经决定了!"李老师清楚眼前这人是在试探他,咬了咬牙,索性直接打岔,带着孩子般渴望得到表扬的神情。

"李老师!"方雾将手中书本轻轻放下,原先习惯充当书签的食指也不自觉地抽了出来。他抬起了头,脸色一变,正色道:"我理解你希望工作的心情,但仍要纠正你几点认识上的错误。"

"你得知道,女人都一样。特别是妊娠时期的女性,不管嘴上怎么说不想影响你工作,但这时丈夫能陪在妻子身边,对她的安慰和鼓励是你无法想象的。你才是一家之主,不是你父母!"

李老师满脸讶异,一时哑然。

"当然,你说工作重要这没错,尤其是教书育人。可再重要的工作也只是生活的一部分。男人的事业任何时候都可以重整旗鼓,东山再起,但结发妻子就这一辈子。要珍惜现在的生活,家庭和睦,夫妻同心,才是未来工作的最大动力。"

"最后……"方雾脸色又趋缓和,欣慰的神色中夹带一丝羡慕,"恭喜你要为人父了,代我向弟妹问好!"

"我……"李老师看着方雾,又不由自主躲开了目光,暗忖片刻后低下了头,"我知道了,谢谢院长,我一定会好好照顾她们的!"

李老师慢慢关上门,他压根儿没料到今天这位工作狂的反应。方院长这人从来都是严肃、刻板,甚至可以说是不近人情的。从来不会和其他人多说一句与教学无关的话,不收礼也不送礼。所以李老师希望通过"牺牲"假期来博取好感,不仅能得到方雾的赞赏,更能在期末竞聘时争取到更多支持。他与妻子再三商量,权衡利弊,好不容易才取得了她的理解,不料今天太阳居然从西边升起,让他给撞上了。

方院长……真是个怪人……难道是我说错话啦?

离开办公室的李老师仍百思不得其解,从裤兜抽出手机来回滑动,无所事事。这时,挂在手机上的卡通吊坠吸引了他的目光,不经意间牵动了他的思绪,那是妻子去年送他的生日礼物。思索再三,他拨通了妻子的电话。

"亲爱的,我想通了,我决定暂时放下手头的工作。趁这段时间好好陪你,哪怕不能帮你分担什么,但我想陪伴在你身边,一起迎接我们的小天使……"

话音刚落,手机那头传来了一阵幸福的哭泣声。


傍晚七点,城东分局第二会议室。

"四一八绑架案"在立案三十六小时后取得了新进展。绑匪于早晨七点三十二分再次联系人质家属,指定了交付赎金的时间地点。经过漫长的等待,这再次激发了专案组成员的斗志。警方初步针对被害人一家的社会关系进行嫌疑人排查,结果一无所获。技术组早上对录音进行分析,也未得到任何有价值的线索。同时,全分局和二队并不是只围绕这一个案件忙活,之前压着的案子和不少琐碎杂事也在不断牵扯本就捉襟见肘的警力。于是,专案组成员形成了一种默契,都将精力集中到了明日交付赎金的事上。毕竟多半绑架案嫌犯都是在交付赎金时落网,先前的推测大多起不了关键作用。

在陆洪涛的主持下，全队完成了对明天南方公园中心广场的部署规划。主要分为四组，一组于上午十一时在广场东、西、南、北四个角分派便衣刑警进行监视；二组于上午十一时在南方公园南、北两处出口布控，分别由三辆未喷涂标识的警车进行蹲守；梁果根据安排于十点三十分驾车从家中出发，沿途由隶属三组的两辆警用轿车跟随，同样也未喷涂标识、未悬挂警车牌照；四组作为机动小组，在公园西面的停车场待命，应付突发状况。陆洪涛也于该处坐镇指挥，确保万无一失。

"明天梁果出发前，驻点同事必须第一时间检查口袋中的现金情况，确保没被临时调包。"陆洪涛单手叉腰，做着最后的强调，"曾经出现过绑匪暗中指使家属将赎金悄悄调包，将真家伙放在他处。结果所有同事扑了空，绑匪大摇大摆拿到了赎金。目前家属救子心切，情绪波动较大，容易受到嫌疑人摆布，那样就前功尽弃了！"

今天准备前往梁果家换班的同事拿着笔记本，字迹龙飞凤舞，他重重点了点头，做恍然大悟状。

"检查完赎金后，驻点的同事只需将梁果送到门口，随后继续监视孙澜的动静，防止嫌疑人与她有新接触。"陆洪涛继续指示，"梁果从楼道至小区车库的一举一动由小伟负责，你在物业监控室一定要确保这段时间家属的安全。"

"是！"坐在角落的一个声音高亢嘹亮。

"梁果车上的监控都调试好了吗？"陆洪涛四处扫视，寻找着某位同事。

"都调试好了！"一个声音从后排响起，"车内一共安置了两处监控，确保梁果从车库到南方公园的所有举动都在我们的掌握中。"

"嗯，好！三组的同事记住，你们护送梁果的车辆在小区门口跟住后，一定要一前一后，保持安全距离。"

"明白！"

"追踪器的情况怎么样？"陆洪涛闭着眼睛，颇为潇洒地快速歪了一下脑袋，颈椎关节处轻轻作响。

"报告陆队，我们已将发信器夹在了其中一捆现金中间，具有较强的防水、抗磁场和抗干扰能力。由于发信器仅有卡片大小，若不将每捆钞票打开来看，是根本无法发现并摘除的。明天我们将在梁果出门前通过追踪器遥控打开发信器，确保随时锁定赎金方位！"

"很好！"陆洪涛炯炯有神的双眼中透出一股自信，目光扫过在场众人，"明天我们将面对的是狡猾的对手，刚才的所有部署都只是第一步。对方很可能会不断试探，甚至不断改变交付赎金的地点，这将极大考验我们的耐心和专注力，也是一次实践的机会。所以大家记住，无论发生什么情况，所有小组都必须听我指挥，不得擅自行动。在对方现身前，切忌轻举妄动暴露自己。最后，还是那句话，现场一定要机动灵活，随机应变。我坚信明天此时，凶手一定会被我们顺利抓捕归案！"

话音未落，会场上响起了经久不息的掌声，仿佛每个人都成竹在胸。的确，赎金交付的各个环节均在陆洪涛的指示下得到了周密部署。从梁果家中、沿途到交付地点，做到了无缝衔接，布置严密而悄无声息。当然，对方想必也不会轻易露面，甚至不断改变交付方式和地点。这样势必在一定程度上打乱警方原先的安排，难免出现破绽。毕竟人都会犯错，谁能保证所有的部署一定天衣无缝呢？但有了发信器，一切就变得简单多了。无论对手如何阴险狡诈，纵使他顺利拿到钱，也将暴露行踪变成活靶子，根本无法逃脱警方的天罗地网。明天只需耐心等待,警方已胜券在握。

"这次行动,相信我们一定能取得成功!"陆洪涛两眼放光,俨然一副胜利者的姿态,满脑子都是年终述职被秦局长亲自授勋的画面。

"你说方雾有嫌疑?"

刑侦队长办公室中,陆洪涛放下正在处理的资料,颇感意外。

陈沐洋抿着嘴,犹豫片刻后还是重重点了点头,仿佛仍在整理混乱的思路。

"就因为这两天没坐校车?"

"有这个原因。据我对方雾这个人的了解,背后一定有蹊跷,加上案发前的那通电话……"

"他也是人,难道就不能有私人原因?"

"我知道,一切只是我的初步推测。"

陆洪涛瞧了瞧腕表,有些不耐烦。"那好,你先告诉我。他绑架梁钰晨的动机是什么?"

一名大学教授涉嫌绑架,为了二十五万元的赎金……

陈沐洋没说出口,整整一个下午,个中缘由他也没能想明白。

"我不知道,但正是这样一个循规蹈矩的人,这么多年的习惯突然被打破,又是在绑架案发生当天,或许存在某种关联。"

"那只是你个人的看法,有证据吗?"陆洪涛脸上闪现一丝愠怒。

"没有,但我相信只要通过市交管局调取'天眼',对绑架案当天的嫌疑车辆一一排查,或许能掌握他车辆的行踪。"

"一一排查?"陆洪涛被这个想法弄得哭笑不得,"先不说秦局长能否出面搞定,你知道这是多大的工作量吗?"

陈沐洋当然清楚,城区道路每一个监控都由市交管局负责调取,每一个路口,每一个匝道,每分钟都是上百辆车的吞吐。如果像昨天已经锁定了长福路四十二号的监控那还好办,盯着即可,但要找出并持续跟踪某一辆车,工作量就完全不同了。

"实在不行,我申请明日再次对方雾进行……"

"陈沐洋!"陆洪涛终于按捺不住,"你还跟我玩起讨价还价这一套了吗?没有任何证据,就胡乱散播这些毫无根据的猜测,你知道后果吗!"

陈沐洋显然知道后果,更清楚陆洪涛的脾气,但还是选择说出了自己的想法。

"对不起,我只是觉得……这次绑架案似乎不简单。"

"你觉得?你当这是什么地方!"陆洪涛的呵斥声几乎响彻整栋楼,鼻腔迸发出的气息直接喷到了陈沐洋脸上。炸雷过后,是一阵令人窒息的沉默。

"我再强调一次,这是刑事案件,不是验证你个人猜测的地方。"陆洪涛缓缓坐下,"整整一个下午,专案组都在对明天进行紧张的部署。你呢?为一个无法自圆其说的理由就擅自调查取证?"

陈沐洋心有不甘,但理智告诉他,在没有证据前,任何推论在陆队面前都没有说服力。

"当然,作为刑警我们确实不应放过任何一点蛛丝马迹,但凡事得讲证据,就凭刚才那些……"陆洪涛将手夸张地来回挥动,"就跟秦局长汇报吗?"

"是我考虑不周。"他有些不情愿,但还是微微低下了头。

"我说过好几次,只凭直觉和臆测是查案的大忌。查案不是侦探游戏，一切都必须以证据和程序为准绳。何况这是绑架案，事关人质安危，没有十足把握前，绝不能轻举妄动。"

沉默再次降临，陈沐洋感到愤懑不甘。硕大的办公室空空荡荡，让他此刻觉得在整个房间中央支楞得十分突兀。

"小洋，其实你来分局这几年进步很快，做事果敢有拼劲，工作也很上心，这两年参与破获了不少案子……"陆洪涛的声音变得温和平缓，"但是，你有个缺点，太感情用事，容易冲动。不仅我，连秦局长都有这种印象。这次华大的走访调查本是考虑到你对学校环境相对熟悉，没想到你竟将私人感情放到了案子上，导致在工作中出现一些低级判断。当然，这不怪你，是我考虑欠周到。"

对于陆洪涛的批评训话，陈沐洋早习以为常。不过平日他都是一副盛气凌人，颐指气使的样子，像今天这样先抑后扬还是头一次领教。他隐隐预感某句话呼之欲出。

陆洪涛将保温杯端起，缓缓开口。

"这件案子你还是回避一下，这也是秦局长的意思，由其他同事接替剩下的工作。"陆洪涛淡淡说着，语气带着不容抗拒的意味，"这两天综合科人手吃紧，你去支援一下。"

街道早已华灯初上，陈沐洋的背影显得有些落寞，仿佛白天积攒的疲惫全部被释放出来。晚风徐徐，行人摩肩接踵，街上车水马龙，路边霓虹闪烁。

这就不该是他参与的案件……

或许跟案件无关。职场中不断领教的规则让他陷入自我怀疑，想想这几年越来越窄的晋升空间，陈沐洋深感迷茫。他已近三十岁，直来直去的性格谈不上成熟，但他仍希望能保留自己的个性，不被社会磨平棱角。可现实远比学校的考试更加残酷深刻。

人都会被慢慢改变吗？

许多曾经的同窗，在学校大家一起打球、逃学、一起对着女生吹口哨、一起通宵看足球比赛。那时人和人之间的交流很简单，没这么多规矩，没这么多过场。毕业后第二年的聚会，大家相互寒暄，一片和谐。可他却总觉得变了味儿，从先前的大大咧咧变得规规矩矩；从好友互损变成客气吹捧；从原来的划拳喝酒变成了长篇套话。陈沐洋感觉大家都变了，变得小心翼翼，措辞考究，老练社会，圆滑虚伪，少了一份自然随意，多了一份虚荣世故。

陈沐洋的步履稍显沉重，在鳞次栉比的街区中穿行。不觉间，发现肚子空空如也，五脏庙直接缩成了一团。他瞧见左手边有一家兰州拉面馆，便钻了进去。

"老板！菜单上分明是五元一碗，为什么你要收我六元？"

陈沐洋刚跨过门槛，便看见一个瘦高男子叉着腰，正与收银台的老板理论。这人年龄与自己相仿，有些慵懒的目光中却透着一丝猎鹰般的敏锐。只见他上身着宽松格子衬衣，向外敞开的前襟露出了白色汗褂儿，下身着宽松过膝马裤，显得较为随意。

"小伙子你听我说！"老板是一名中年男子，脸上始终挂着一种买卖不成仁义在的微笑，"我们的菜单还没来得及更新，所以还是原来的价格，但街坊邻里谁不知道我家拉面是六元啊！"

不知从哪里冒出一位佝偻着腰的老大爷，跛着脚凑了上来，说："小伙子，真是这样的。这家店的拉面一直都是标价五元卖六元。多少年了，咱们周边街坊早习惯了。他们也是小本生意，一元钱犯不着搞成这样!"

"一元钱当然犯不着这样!"瘦高男子劈着腿,趿拉着人字拖鞋的右脚尖踮着地板不住抖动,"但这是为了捍卫我应有的权利,我可以起诉你们!"

老大爷和店老板面面相觑,仿佛面对一个疯子。

"根据《价格违法行为行政处罚规定》第11条第(1)项:从事零售业务的经营者,在填写标价签时,不按照要求写明商品的价格是违反明码标价的行为。"瘦高男子继续陈述着他的观点,对法条的准确引用与其轻佻的举止大相径庭,"按照处罚规定,可以没收你们违法所得,并处五千元以下罚款。"

听到这里,店老板有些慌了神,但更多的是对这个年轻人莫名其妙的谈吐感到诧异。他翻着白眼,摆了摆手:"好好好,五元就五元,行了吧!"

男子咂着嘴,在身上掏了半天,将几张皱巴巴的零钱递过去,继续说道:"给我撕张发票……"

话音未落,瘦高男子发觉手臂被人拽住,还来不及挣扎就被拖出了店。

"唐弦!你给我适可而止!"陈沐洋反勾住该男子的双臂,像扛竹竿似的将他架了出来,"我说你不好好做你的检察官,闲得整天和这些做小本生意的抬什么杠?"

那名瘦高男子转头一看,发现是陈沐洋,吃力地试图摆脱他的手,可发现只是徒劳,忙扭过脖子伸得老长,再次冲那家店铺吆喝:"发票给我记着,下次再来拿!"

陈沐洋瞥见路上行人纷纷朝这边望来,无奈地摇了摇头。

"喂!这可不是抬杠,疼,放手,要断啦!"这名叫唐弦的男子龇牙咧嘴,被陈沐洋拽到一边。

"哦，看来我们的唐大检察官最近遇到不爽的事情，在到处找人欺负啊！"陈沐洋由怒转笑，一副轻蔑鄙夷的表情。

"我可警告你！"唐弦满脸不服气，"不准仗着我打不过你就这样动粗，君子动口不动手！"

"是，是，是！"陈沐洋睥睨着唐弦，继续挤对着，"怎么，你们检察院最近是发不起工资还是怎的？为了一块钱这么拼命！"

唐弦理了理衬衣的前襟，仍是一副二不挂五。"这不是多少钱的问题，而是为了我们的权利做斗争！"

"得了吧！还能再夸张点儿吗？人家只是没有及时更新菜单，那个老大爷不是也——"

"他们是一伙儿的，那个老大爷和老板是父子关系！"唐弦冷冷打断陈沐洋，口气倏然变得严肃。

"你认识他们？"陈沐洋收起了笑容。

"不认识。可你注意到那老大爷的左手了吗？左手无名指和小拇指是连在一起的，这叫并指。"

"哦，那又怎样？"

"而那个老板的右手无名指和小指中间都有着一条细长疤痕，这明显是并指分离手术过后的疤痕。并指是一种常染色体显性遗传病，父亲有并指，下一代就会有较大概率出现并指。而这两人都有并指，说明较大概率有血缘关系。同时，你注意到老板的那双鞋了吗？"

"什么鞋？"

"阿迪牌的，还是'James Harden'的签名鞋。"

"哦，是吗？那又怎样？"

"不怎么样，随便问问，单纯考验下你的观察力。"

陈沐洋撇开唐弦，整理着衣襟，打算转身离去。

"但这些都不重要，关键是右脚那只鞋的底部外侧磨损得异常严重！"

陈沐洋稍稍放慢了脚步。

"你不觉得奇怪吗？拉面店老板走路明明十分正常，为什么偏偏只有右脚外侧被磨得厉害呢？"

陈沐洋停下了脚步，轻轻回头，似乎在问：你说为什么？

"因为那个老大爷呗！"话音间，唐弦终于将齿缝中的肉丝儿用舌尖剔出，轻轻啐到了一边。

"什么？"陈沐洋转身感到疑惑，马上反应过来，"他是个跛子，而且正好是左脚不便！"

"上道！"唐弦促狭一笑，"一个人腿脚不便，平日生活起居自然离不开他人的搀扶照顾。老大爷左脚不便，那么经常搀扶他的人右脚掌必定会承受更多压力，右脚所穿鞋自然不可避免地出现超乎寻常的磨损。如你所见，店老板鞋的磨损恰好在右边，说明他就是经常搀扶老大爷的那个人。如此周到的照顾，想想也知道他俩平日十分亲近。加之'并指'这条线索，进一步佐证了两人存在血缘关系的可能。当然，这些只是推测，都不是决定性证据。"唐弦一脸严肃，转头看向陈沐洋，仿佛在说：你想知道决定性的证据是什么吗？

陈沐洋也不自觉将身体微微靠近。

唐弦缓缓吐了一口气，脸色突然变得厌恶。"有其父必有其子，两人都一副市侩样！"

陈沐洋摇头苦笑，旋即自嘲着摇了摇头。这才是他认识的那个唐弦。

"要是他们多收你一块钱，难不成还真去起诉他们？"

"那是肯定的！"唐弦锐利的目光直视前方，陈沐洋清楚他不是在开玩笑。

"喂喂！这难道不是滥用司法权吗？现在司法资源如此紧张，你还给司法系统增加这些不必要的负担？"

"不必要吗？从长远来看，这恰恰是节省司法资源。你知道……算了你肯定不知道，我还是说得通俗点儿。"唐弦板起脸，直接无视陈沐洋的不爽，"按你的逻辑，司法资源是有限的，而诉讼成本是高昂的。按照投入产出比，没必要为了如此小事耽误功夫，浪费司法资源。你甚至认为，有限的资源更应该放到更需要它的地方去。"

"难道不是吗？"

"这样想就错了，而且大错特错！"唐弦望向陈沐洋，视线凌厉得令人生畏，"司法活动不同于经济活动，它不是为了创造经济收益，而是为了实现社会公平正义。因此根本不能以经济角度来衡量一个案件是否值得受理。司法救济是保障公民权利的最后一道防线，假如连最后一道防线都宣告失守，公民的权利就形同虚设。就这种一元钱官司来说，当事人虽然为很小的价值付出了较大成本，他自己的收益是有限的，但会形成示范效应，对社会的收益将是巨大的。以单个高诉讼成本支付换取整个社会诉讼成本的降低，这就是一元钱官司中包含的价值。反之，今天这碗拉面，如果我不去争取这一元钱，别人也不去争取，大家都不争取，那么这样的拉面馆一家一天的差价就是上百元，全国这样的黑心店面一年就是好几亿！所以我们需要更多的人站出来去争取这一元钱，对自己的权利较真一些。到那时，人们不仅不会浪费司法资源，还会消除这样的纠纷。因为违法成本上升，就没有商家敢再耍这样的小聪明了。"

听完唐弦冗长的说明，陈沐洋再次白了他一眼，摆出一副我懒得和你争，反正这方面你厉害的表情。

"你知道一个扒手一年能偷多少钱吗？"唐弦继续发问。

"啊？"

"一个扒手每天可以作案多起，但就算被当场逮住也往往因单次偷窃金额较少而免于牢狱之灾，顶多受到治安拘留这种不痛不痒的惩罚，根本起不到震慑犯罪的作用。相反，若每一个人在被窃后，都勇敢站出来报警指认，那么这些扒手就不敢这般嚣张。连歌词中都有唱到，善人的包容才创造了恶人的乐园，现在人们总是抱怨这个社会乱、治安差，法律只是一个摆设，但从来不从自身找原因。所以，今天人们不仅仅是放弃了得到几块钱的权利，还变相灌溉了罪恶在这个法治国家滋生的土壤。"

陈沐洋明白了唐弦的意思，却仍疑惑到底哪首歌出现过这样的歌词，不过他清楚，凡事往死里较真，凡事都要辩个对错，委实是唐弦的脾气。此刻，他有一种异样的感受，眼前的唐弦在某些方面竟与某人有几分相似，哪怕两人性格迥异，压根儿八竿子打不着。不过这个念头也只是一闪而过，方雾老师怎么会和这个疯子有半点儿相似，他摇了摇头，不再纠结。

唐弦和陈沐洋虽不是校友，但曾在全省高校辩论赛中代表各自校队参赛。两人一路过关斩将，最后狭路相逢。从那次以后，两人不打不相识，英雄相惜，成了损友。唐弦比陈沐洋大，性格极其怪异，且难以捉摸。同时，这个人对所有事物都保持着极高的求知欲，总是大费周章地论证一些别人看起来毫无意义的答案。不过陈沐洋认为，这个人并非特意追求最终的答案，而是乐于沉浸在那种探求真相的过程中。

唐弦的父亲是该市颇有名气的企业家，家境殷实的他却偏偏放着整个集团家业不稀罕，选择了检察院公诉人一职。但不可否认唐弦是一个有才华的人。博闻强记，爱好广泛，特别是对法学实践有着相当深入的研究，年纪轻轻就已是市检察院高级检察官。法院开庭审理的刑事审判中，他时常担任公诉人一职，他不畏强权，说话全凭喜好，直来直去的性格很对自己胃口。两人私交甚笃，互为知己，所以在遇到棘手案件时，陈沐洋也常得到唐弦的帮助。同时，陈沐洋完全不担心他会将消息泄露出去，因为这个怪人除了法学与"那个怪癖"，没有任何消遣，甚至连朋友都没几个。在陈沐洋看来，他就是一个披着疯子外衣的天才。

"怎么？看你精神萎靡不振，不是被戴了绿帽子，就是工作不顺心。"唐弦那双惺忪的睡眼戏谑地斜视着陈沐洋，眼神似乎能将人看穿。

"怎么可能！"陈沐洋不自觉地提高了音调，一把拍向唐弦的肩膀，力量之大，震得他单薄的身体直颤，"好你个家伙，走！换家店请你消夜喝酒去！"

唐弦刚想挣扎，陈沐洋顺势将手往下轻轻一掰，像螃蟹钳虾米般紧紧箍住了他。

"喂！不是说君子……疼疼疼！"唐弦眼见挣扎也是徒劳，只得乖乖就范，"丑话我可先说前头，我看你这神情多半又遇到搞不定的案子了，这次我可不会再帮你！"

"嗯，不帮不帮！快走！"

"我再说一遍啊！这次我真的不会再帮你……哎呀，疼！士可杀不可辱！绝对，不会再帮你，哎呀！"

"哇哈哈哈！太有趣啦！"满脸红晕的唐弦又灌下一大口啤

酒,呛得满眼泪水,"赶紧接着,你那个方雾老师除了神啊鬼啊还说啥啦?"

"就这些了。"陈沐洋继续吊着唐弦的胃口,"中途被我的问题打断了。"

"你傻啊!这么有意思的观点你怎么舍得打断,我可是好久没听过这么高级的理论了,有趣有趣!"

"你才傻呢!你不好奇我都问了些什么?"

"你还能问什么?不就是这也不懂那也不懂乱问呗!想当年高校辩论赛,你……"

"嘿嘿!"陈沐洋伸出食指在他面前轻轻晃了晃,"我问,按照方老师的理论,这次绑架案的嫌疑人是否就是一个打破了逻辑不敬畏神明的人。他是否也会受到法律的制裁。"

"然后呢!他怎么回应?"唐弦一脸期盼。

"老板,再来一盘腰子!"陈沐洋吆喝了声,回头夹起一块鸡胸肉往嘴里送,笑中夹带着挑逗,"想知道吗?"

"快说快说,你急死我啦!赶紧从实招来!"唐弦满脸着急,犹如三岁孩子瞧见了桌上近在咫尺的糖果。

"先把这杯喝了!"

唐弦急得抓耳挠腮,哪有半点法庭上那个令犯罪嫌疑人闻风丧胆的公诉人样子。得到陈沐洋的指令,唐弦连忙抓起盛满啤酒的杯子往嘴里灌。放下杯子的他满嘴泡沫,吐了吐被酒液辣到的舌头,用手边抹嘴边甩。"赶紧说吧!我叫你哥了!"

陈沐洋停止了嘴里的咀嚼,咬了咬嘴唇。"他什么都没说……"

"啊?"唐弦垂着脸,正消化着体内翻腾的酒精,听到这里霍地抬起了头,打出了一个有味道的饱嗝,"什么都没说?"

"什么都没说……"陈沐洋目光涣散，显得有些呆滞，仿佛回忆起了当时那个身影和压抑的氛围，"他说今天就到这里，下课……"

唐弦听得一头雾水，好半天没有言语。

"你在怀疑他吗？"

"我……"陈沐洋欲言又止。

"刚才你拉拉杂杂绕了这么大的圈子。什么习惯、巧合，无非就是在怀疑他。不过全凭猜测，完全没有证据。"唐弦一语中的。

陈沐洋知道，这个疯子每次看似颠三倒四，举止浮夸，但总在不经意间戳中重点。

"是有怀疑……"陈沐洋并不打算否认。

"刚才你还提到方雾在案发当天将这个月的课程全部排满了……"唐弦思索着。

"怎么？"

"突然将所有课程排满，为什么呢？"唐弦喃喃自语，"感觉哪里不对劲儿。"

"这不是废话么！"陈沐洋反唇相讥，"我如果他真和绑架案有关，这或许是一种掩饰手段！"

"不！"唐弦低着头，手掌摊开挡在了两人之间，旋即来回用力摇动，"如果他宁愿投入这么大成本去掩饰，就绝不会露出这么明显的马脚让你怀疑。那些理论也未必口是心非。这般理论，绝不是临时胡乱编造的搪塞之词。你的质问，只要不是弱智，矢口否认就行，为何要扯一大通却连这么简单的提问都回答不了？太矛盾了，太不自然了。之所以沉默，一定有他的顾虑。或许他不希望欺骗你，但碍于你的身份不能告诉你真相。"

陈沐洋听到这里也陷入了沉思，那个沉默不语，形销骨立的身影又浮现在眼前。

"还有一点也特别奇怪！"唐弦丝毫不给陈沐洋喘息的机会，"他为什么要告诉你这些？难道你和他关系很亲密？还是因为你法学造诣之深，让他高山流水遇知音？"

很明显，方雾这个人几乎没有朋友，陈沐洋与他更难谈亲密。至于法学功底，只能说略懂皮毛。

"他为什么要告诉我这些？"

"一种诉求……"

"什么？"

"你是什么身份？"唐弦舔了舔嘴唇，那张绯红的脸看起来有些滑稽，陈沐洋却一点都笑不出来，"为什么他要告诉你这些，或许是因为你在本案中的特殊身份。他清楚你负责本案的调查，甚至在怀疑他。所以，怎么说呢……"唐弦越说声音越小，忙抓了抓头皮，思路仿佛突然中断，似乎也没怎么理清想要表达什么，嘟囔起来，"或许方雾希望让你相信他不会违背逻辑，可当下又无法自证清白……好吧，我居然讲出了这么没有逻辑的话！"

"不会违背逻辑又无法自证清白？"这次轮到陈沐洋丈二和尚摸不着头脑，"犯罪就是犯罪，没犯罪就是没犯罪，什么叫……"

"哎呀！这个暂且不论，本案还有两个疑点。"眼见无法自圆其说，唐弦连忙夹起桌上的美味，岔开话题，"第一，绑架前天即已发生，绑匪却在今天才打电话告知赎金交付事宜。并且今天在电话中，他非但没有趁热打铁，还将交付时间定在了明天……这怎么说呢？绑架案中，无论是嫌疑人还是警方都是在与时间赛跑，他的行为如同告诉你们：我是绑匪，已经绑架了梁果的儿子,我不急着要赎金,先给你们一天时间调查。什么?调查了一天没有头绪?那还是给钱吧!不过今天不着急,再留一天时间让你们仔细部署,思考明天如何才能抓到我……"

唐弦翘着二郎腿,将一根鸡肋骨轻轻吐出。"而且据我所知,再复杂的声纹不消一个周就能被彻底还原,他既然通过技术处理加入了这么多干扰,无外乎让警方短时间内无法恢复。可这人不仅不珍惜时间,还肆意挥霍,不是很矛盾么?像生怕警方抓不到他一样。"

本就有着办案经验的陈沐洋被这么一点,立即会意。当局者迷,他这才意识到自己总是将焦点放在方雾个人身上,全然忽略了一些基本的刑侦常识。

但凡绑架案,绑匪往往不会给受害者任何喘息之机,会千方百计逼迫家属尽快筹钱并交付赎金。所有步骤一气呵成,讲求突起发难,干净利落。这样做不仅可以降低人质在手中的不可控风险,还能让家属乃至警方忙中出错,仓促中失去冷静与判断力。如此看来,本案嫌疑人的种种行为着实有些反常。

"第二,为什么绑匪只邮寄了梁钰晨的个人物品,却始终不让家属听儿子的声音?"唐弦一手支颐,继续道,"按理说让人质与家属通电话并不是什么难事,还能在凶手与家属间形成一种巧妙的博弈。有多少人本来冷静地和绑匪斗智斗勇,但一听到亲人的呼救声,心理防线就瞬间瓦解。而警方也会因绑匪握有筹码,不敢轻举妄动。综合以上两点,这个绑匪的动机似乎根本不是钱!"

"动机不是钱……"陈沐洋重复着唐弦的话,再次陷入思考。

"没错!结合我们对方雾的怀疑,一切就说得通了。"唐弦神色自若,强调起来,"你的方老师在国内刑事法学领域一向颇有名气,一个名牌大学教授会为了二十五万元绑架他的学生?假如他当真涉案,动机会是钱吗?"

"我想过——"陈沐洋欲言又止,"在我心目中,方老师是一个踏实勤恳、恪守规则的人,不论为了什么,他都决不会犯罪,何况为了钱!"

"所以,弄清真相往往比弄清真凶更重要!若他不是为了钱,而是……"

"不!"陈沐洋目光异常笃定,"任何动机都不会成为他犯罪的理由,这点一定不会错!"

"掌握的事实如此清晰,你就这么坚定自己的判断?"唐弦正颜厉色,与先前嘻嘻哈哈的样子判若两人。

陈沐洋一时语塞,才发现自己前后立场转换得有些可笑。"我没办法容忍自己的这些怀疑,我讨厌这种感觉,希望尽快还方老师一个清白!当然,若真相委实如此,一切自会按照法律公正处理!"

收回情绪的唐弦拊掌而笑,摆出一副崇拜状,不过嬉皮笑脸显得有些浮夸。"我们的正义战士要发威了!"

陈沐洋没有理会一旁冷嘲热讽的唐弦,沉吟半晌才开口。

"你知道为什么我会选择当警察吗?"

"嗯……"唐弦低声哼着,趁机大肆搜罗着桌上的美食,完全没有在意。

"当年父母早就托关系为我寻觅了一份机关单位的工作。"也许是酒精的作用,陈沐洋思绪翻涌。他自顾自说道:"但我没去,最终选择了成为一名基层派出所刑警。"

"知道啊……"唐弦歪了歪脑袋,"像你这种山兔儿,成天在办公室哪待得住?"

"是啊！"陈沐洋一巴掌拍在了唐弦肩膀上，发出了"知我者，非你莫属"的感慨。不过由于喝了点酒，陈沐洋力道没控制住，加上唐弦又满嘴的肉块，拍得后者连连呛咳。

"不仅仅是这个原因，我选择当警察也是为了尽自己所能，伸张正义！当我还在派出所时，有次巡逻就遇到了抢劫犯。他们一共有三人，还拿着钢管和水果刀。那天我并未执行任务，所以没有配枪。我大喝一声，将手放在腰间，佯装拔枪。那三个人先是怔了一下，却没有被我吓住，纷纷朝我扑来。他们围住我，发起了攻击。虽然我有擒拿格斗的基础，但同时面对三名穷凶极恶的持械歹徒，还是凶多吉少。打斗之中，我因躲闪不及，衣服已被划出了几道口子，但当时自己没有半点退缩的想法，就是想把他们给抓住。突然，一个歹徒从后方突起发难，将我死死抱住，另外两人趁机操着刀冲了过来。当时我拼命挣扎，可都无济于事，心想大势已去了……"

陈沐洋说到这里，握紧了拳头，仿佛那一幕还历历在目，不禁心有余悸。

"疼疼疼！"

唐弦再次扭曲着脸，原来陈沐洋的手还搭在他的肩上。刚才又一发力，就要把他的骨头捏碎似的。

陈沐洋赶忙抽手，一脸抱歉。"啊！不好意思！"

"后来呢？"唐弦的声音孱弱不堪，仿佛也被一并捏碎似的。

"就在那时，一声枪响划破了夜空。原来正在执行任务的同事恰好路过，当机立断鸣枪示警。这声枪响将三名歹徒都震住了，他们纷纷丢下武器，束手就擒。"

"啧啧啧……"唐弦咂着嘴，"果然是有勇无谋！"

陈沐洋自嘲般地笑了笑。"是啊！但后来我仔细想了想，若再给我一次机会,我还是会毫不犹豫地冲上去!"

"绕来绕去,你不就想说假如方雾真涉嫌绑架,你也会将他拘捕归案嘛!"

"这是原则!我绝不允许罪恶在我眼皮底下发生,伸张正义就是警务人员的天职。为了正义,那时的我连命都可以舍弃,何况拘捕一个证据确凿的绑匪?"

唐弦端起酒杯,放在眼前晃了晃,逐渐对案件有一种奇妙的想法,刚想展开,却又沉吟着移开了视线,轻叹一声:"算了……明天就要交付赎金,或许马上就能真相大白。你所谓的正义,很快就能得到伸张。"

一听到明天两个字,陈沐洋不禁嘴唇紧闭,身体在酒精的作用下微微抽搐。身为一名刑警,他当然希望尽快将绑匪抓获,但同时也对方雾是否涉案有着不好的预感。这种矛盾让一切变得微妙起来,如果不是敬仰方老师,他不会这般笃定方雾的清白;如果不是了解方老师,他更不会掌握这些线索。既然已不是专案组成员,那么明天就由其他同事将犯人绳之以法。这是一种再好不过的选择。

没错,这本就不是自己该参与的案件……

"其实我也是瞎操心,后续行动我根本就没参与!"

"怎么?你又顶撞上司啦?"

陈沐洋苦笑着没有回答,将面前还剩下的大半杯啤酒端起,放到嘴边一饮而尽,不禁皱起了眉,觉得这瓶新开的啤酒入口有些酸涩。他又看向邻桌几个吃着烧烤的男子,他们也在骂骂咧咧,抱怨着单位如何不公,老板怎样卑鄙。

人生大抵如此吧!

这当口,店主端上来一盘嘶嘶作响的辣子炒腰花,升腾的香气弥漫开来，不觉间舒缓了两人紧绷的神经。此时酒过三巡，脑袋开始迷糊起来，这两天的林林总总也渐渐模糊。他发现面前的唐弦已经低着头哼起了某段钢琴名曲，顿觉自己总瞻前顾后，实在庸人自扰。索性抛开了烦恼，与唐弦痛饮起来。明天的事情明天再对付，当下只求一醉。

伴着街边的喧嚣，两个人推杯换盏，把酒言欢，男人的快乐就是这么简单。

然而，此时的肖依婷正裹着厚厚的睡衣端坐在家中，嘴巴鼓得像只河豚。

"还早点回来？哼！陈沐洋，你今天休想再进这个家！"

## 第五章

谁不曾上百次地发现自己做一恶事或蠢事的唯一动机，仅仅是因为知道自己不该为之？难道我们没有这样一种永恒的倾向：正是因为我们明白那种被称为"法律"的东西是怎么回事，我们才无视自己最正确的判断，而偏偏要去以身试法？

——埃德加·爱伦·坡《爱伦·坡暗黑故事全集》

时针已潜入深夜的怀抱，两人安静地躺在卧室床上。

早已适应眼前黑暗的梁果仍盯着天花板上隐隐裂开的缝隙发呆，他早已适应了眼前的黑暗。睡在身旁的妻子也一样，虽然毫无困意，但始终佯装入睡，唯恐清醒的状态影响到对方，将本已酝酿的困意赶走。

早上那通电话后再也没有消息。刑警告诉他们，今晚一定得保证休息，明天才将迎来真正的考验。夫妻两人应付着点了点头，刑警旋即退出了门。深夜十二点后，又是新一批刑警驻守在客厅的电脑旁。通过门缝，隐约能看到外面仍然在运转的设备闪烁出的微光。

"睡不着吗？"

自欺欺人的沉默被忽然打破，整天用嗓过度让孙澜的声音有些嘶哑，似乎连这几个字她都酝酿了很久。

"嗯，有点。"梁果将胸中的浊气轻轻舒出，仿佛小心翼翼地憋了好久，"你呢，也睡不着？"

"嗯……"

"还在担心明天交付赎金的事？"

"担心也没用啊。我只是在想，咱们儿子现在睡了没有。"

梁果将脸侧向妻子，却没有说话。

"也不知道他现在好不好，绑匪有没有按时给他吃饭……"

梁果将手向妻子那边探去，刚刚接触到她指尖，孙澜却如同被针扎一般迅速躲开。

"不让咱们儿子吃饭对绑匪来说没有任何好处，毕竟他是人质……"

孙澜摇了摇头，这样的理由似乎安慰不了她。许久后，她才缓缓开口。

"宫保鸡丁……"

"什么？"梁果不明所以，望着漆黑中的那张侧脸。

"他最爱吃宫保鸡丁了。"

"还有你炖的萝卜排骨汤！"梁果循着妻子的思路喃喃自语，思绪缓缓飘开。

"嗯……"

"记得有次儿子刚从外面玩了回来，我装作要夹完所有的肉丁，急得他冲到桌前就一顿狼吞虎咽，结果喷了我一脸！"

扑哧——

孙澜忍不住笑出了声，梁果顺势将手伸去，牢牢握住了妻子的手，有些冰凉的触感仿佛要浸入自己的骨髓。

"我记得当时……"梁果将另一只手枕在脑后,继续展开遐思,"儿子无论在外面玩得多野,只要你一起锅,他的鼻子那叫一个灵!无论多远都能立刻奔回来!"

"对,对!"孙澜重重点了点头。

"那明天还得辛苦你,准备一桌好菜!"

"好。"

梁果用指腹轻轻摩挲着孙澜的手:"宫保鸡丁别忘了多放点辣子!"

"嗯……"

发现妻子的声音越来越小,梁果想继续安慰,却找不到更好的措辞。此时他发觉,掌中那双纤细的手开始微微打颤。梁果知道,妻子正忍着眼泪。

梁果继续握着妻子的手,沉默着。

窗外的黑夜包裹着一切,现在儿子应该也在某个漆黑的角落吧。

"老公!"

许久,梁果感觉妻子的手突然抽了一下。

"怎么了?"

孙澜悄悄用另一只手放在脸上擦拭,似乎缓过了那口气。

"明天,一定要小心……"

"嗯,我知道!"

"我是说,你要注意自己的安全!"

"嗯?"梁果心中涌出一丝暖意,"绑匪是为了索要赎金,我有什么危险?放心。"

"答应我!"不祥的预感让孙澜突然提高了音调,"一定注意自己的安全,我也不知道为什么,但拜托你一定答应我!"

"好，好！我答应你，明天一定注意安全！"孙澜莫名其妙的一番话让他感到疑惑。可不知为何，妻子刚才的反应，仿佛牵扯到了他记忆深处的往事。梁果心中那股暖意被突然驱散，转而被一种未知的恐惧感支配，后背不禁渗出一丝冷汗。

"老公？老公！"

"啊？！怎么了？"

"你的手好凉！"

梁果回神，发现自己的手反而正被孙澜用双手捂住。

"我没事……没事！我们全家一定会平平安安的！"

孙澜继续用双手揉搓着丈夫那只已失去了温度的手。整整一夜，两人再无言语。


梁果只有高中文化，早年摸爬滚打，好不容易才成了一名银行的客户经理。年少时，初中辍学后父母就对他不管不问，他一度混迹于社会，甚至到处小偷小摸。直到那件事发生后，梁果才洗心革面参了军。三年的军旅生涯一晃而过，复员转业后，他被分到了某国有银行工作。

虽没什么文化，但那时大家都没念多少书。凭着原先沾染上的江湖气，梁果在营销方面有着自己的一套方法，慢慢从普通柜员做到了客户经理。虽不是正式员工，可比起曾经那段岁月也算浪子回头，改邪归正。工作后他认识了现在的妻子孙澜，两人一见钟情结了婚。头一年，孙澜就为他生了一个大胖小子，梁果抱着儿子满心欢喜，为儿子取名梁钰晨。

有了儿子后，梁果工作更积极了。踏实勤恳，赚钱养家。他早出晚归时常顾不上家里，还好孙澜知道他工作辛苦表示理解，始终默默支持。小两口偶尔也会拌嘴闹个别扭，但冷战不了多久总能和好如初。

　　曾经年少无知，犯了不少错，这让眼下的幸福日子显得弥足珍贵。在梁果的奋斗下，一步一个脚印，家里慢慢有了车，有了房，日子逐渐宽裕起来。他看着蹒跚学步的儿子一天天长大，感到了生命的希望与神奇。他下定决心，倾其所有也得为儿子创造一个良好的成长环境。

　　选择幼儿园时，收费标准有三百元一学期的，也有一千元一学期的。为了不让孩子输在起跑线上，他们耗去近一半的工资，咬牙选了后者。孩子上了小学，老师说这几年最关键，打好基础很重要。看着第一次背上书包的儿子，梁果义无反顾报全了课外补习班。上高中时，儿子学业越来越重，梁果工作压力也很大。每次加完班，回来看到还在台灯前的那个瘦小身影，他都倍感欣慰。儿子挺争气，成绩基本保持在年级前十名。按学校老师的分析，考个不错的一本不成问题，他心里乐开了花。

　　当过兵的梁果是个性格刚毅的人，在家里是好老公，好爸爸，再苦再累也从来不对别人宣泄自己的情绪。偶尔心力交瘁，也只是偷偷找心理医生进行疏导，从不向家人抱怨半句。功夫不负有心人，高考放榜时，梁钰晨以高出一本线一百多分的成绩被本市华南政法大学录取。在拿到录取通知书的那一刻，这个坚毅的男人第一次流下了泪水。

　　梁果自己就吃了没有文化的亏，绝不允许儿子重蹈覆辙。儿子能考上华南政法大学，等于圆了他的梦。为了这个梦，来自农村的夫妻俩付出了多少血泪辛酸……而这一切都是值得的。

　　那天，他们全家在外面奢侈了一顿，梁果品尝着经常出现在电视广告里的比萨直皱眉，这是什么玩意儿？梁钰晨挺着胸脯，说等今后赚了钱,一定让二老天天出来吃更高档的美食。看着懂事的儿子,不难想象在将来,他将成为一名律师、一名法官或者一名检察官。充满岁月印记的面庞又绽开了笑容,眼眶中盈满的泪水长久漾动着……

次日清晨,梁果再次点了一遍桌上排列的一捆捆现金,小心翼翼地装进了黑色帆布挎包中。这些钱是从银行定期账户中提前支取的,柜台的同事惊讶着反复确认:要是再等两个月,到期即可按定期利率享受利息,若提前支取,只能按活期利率计息。梁果没有言语,还是全额取了出来。两人又东拼西凑——向好友谎称准备换辆新车,觉得银行的分期购车利息太高,好不容易才凑足了现金。当然,比起儿子此刻的安危,这些根本不值一提。

时间指向了十点二十分,梁果捏着挎包的手出了汗。他对着门口酝酿半天,才勉强摆出微笑回头看向孙澜。两人四目相对,心照不宣。

我和儿子中午一起回来,弄桌好菜等我们!

"COROLLA"轿车在马路上行驶着。

梁果将渗出汗水的双手从方向盘上交替移开,在牛仔裤上不停擦拭。平时他总是左脚踩着离合器,配合右手熟练换挡,在高峰时与周围的车辆争分夺秒。而今天,这个时间段街上的车子并不多,梁果却浑身僵硬,动作笨拙,熄火了好几次。他知道,这种不自在来源于身处监视当中,前后的刑警还好,可一想到还有一双未知的眼睛,也正在暗中观察自己,不免心中发毛。

答应我……一定注意你自己的人身安全……

妻子的那番叮嘱犹在耳畔,梁果使劲摇了摇头,再次将注意力集中在前方。

"不要紧张,周围一切正常。"

"保持正常行驶就行!"

"前面红绿灯处不必强冲过去,先过去的车会放慢速度等你!"

无线耳机里不断传来的指示,让梁果安心不少。

红灯处,驻车后的梁果瞥了一眼后视镜,不经意观察起眼前这张毫无生气的脸。这是一张任凭命运轮盘碾压后的面容:脸色苍白,板得死死的,眼袋耷拉着快要坠下,嘴唇紧绷毫无血色,法令纹也越来越深了。他又将视线向下调整,看到挂在后视镜下一家三口的照片。那是去年在家里用拍立得照的一张全家福,里面人都笑得十分灿烂,特别是中间比着"V"字的儿子,耳畔仿佛听到了他在家中的欢声笑语。

小晨……爸爸真的好想你……

不知何时,梁果察觉有什么东西从脸颊滑落,滴落在大腿上,将牛仔裤的布料晕成了深色。意识到后,他轻轻用手在脸颊上擦拭。可一眨动眼睛,才发现原先眼睑包住的泪水反而不受控制,悉数洒到了身上。想到车上还有监控,他索性将双手放在脸上反复揉搓,企图掩饰此刻的狼狈。

突然,后面的车子带着浮躁的情绪,鸣着刺耳的喇叭。他的心不禁被逼到了嗓子眼儿,这才发现是前方信号灯已切换到了绿灯状态。他赶紧放下手刹,右手挂到一挡,左脚踩着离合慢慢松开,配合着右脚的油门,车又向前驶去。

华南政法大学的运动场上,八个露天篮球场一字排开,这里是体育爱好者的天堂，也是学生们课余挥洒汗水的地方。每个阳光明媚的日子，球鞋与塑胶地面的摩擦声和人群的呐喊声不断吸引着路过的学生纷纷加入。青春热血，兄弟篮球在十米见方的场地上演。

陈沐洋接到了队友传球，通过一个"山姆高德"的衔接过掉了左侧弧顶的防守球员，长驱直入杀到篮下，一个三步上篮轻松得分。周围零星响起了观众和队友的喝彩声，连场外的女学生也放慢了脚步，拨弄着头发朝这个方向回眸。一瞬间，他仿佛又回到了大学时代，即便有再多烦恼，只要听到宿舍门外"打篮球"的吆喝声，就立刻翻身下床，收拾装备，和兄弟们勾肩搭背奔赴球场。

陈沐洋好久没有受到这般"球星"级的待遇，有些受宠若惊的他连忙朝着传球的队友——方雾竖起了大拇指。

"传得好！"

方雾已回到中圈准备发起新一轮的进攻，面对陈沐洋的肯定，方雾刚想说些什么，却因止不住喘气，只是冲他点了点头。

这一天是交付赎金的日子，分局同事纷纷带着各自神秘的任务忙成一片。既然已不是该专案组成员，陈沐洋也得避嫌，跑去帮忙只会让其他同事感到为难。他索性独自来到学校，再次缠住方雾。

交付赎金的时间是正午十二点，若能在这段时间和方雾待在一起，那他的嫌疑自然不攻自破。带着这个目的，陈沐洋十一点在办公室找到方雾，东拉西扯解释了昨天自己的"胡言乱语"。两人聊着天来到操场，经过球场时，陈沐洋试探着邀请方雾一起打场篮球。他目的很明确：与其带着怀疑尴尬地聊天，不如找点事来消磨时间。人若处于剧烈运动的状态，是绝对不可能参与策划交付赎金的。

　　起初陈沐洋有些犹豫，觉得将恩师怀疑到了这个地步委实过分。况且方雾平时都以教学为重，或许根本不会接受自己唐突的邀请。让一个五十来岁的教授打篮球，这个提议连自己都觉得欠考虑。但出乎意料的是，方雾竟欣然接受了他的建议。也没有换衣服的意思，穿着一身牛仔裤和皮鞋就走进了场地。这不仅让陈沐洋感到意外，连球场上的同学也纷纷咋舌。

　　"方老师掩护我就行了！我一冲到内线，就传球，由我去进行身体对抗！"

　　听完陈沐洋的战术布置，方雾不置可否，微微颔首接过了球。发出球的陈沐洋立即冲进内线，闪出了一个身位的空当，利用身体压着后面抢位的对手，另一只手高高举起，朝方雾示意。

　　可以传球了！

　　方雾将球持在胸前，动作颇为僵硬，刚准备向陈沐洋的方向送球，却又虚晃一下，不自然地收了回来。这是个只能骗到自己的假动作……

　　滑稽的动作让所有人都有些尴尬，而陈沐洋清楚，让一个年过半百的教授参与剧烈运动是种怎样的体验。可方雾能接受提议已经很给面子了，现在就是使出浑身解数也要让他融入比赛。

　　他一个半转身避开了后方抢位的对手，让那人扑了空。又来到了篮筐另一侧，再次单臂高举。"老师！这边！"

　　方雾对陈沐洋的跑位心不在焉，仍僵在原地，与整个球场的氛围格格不入。不过，那种熟悉的手感仿佛又回来了……

　　忽然，只见他垂下双手，用右手将篮球往塑胶地上轻轻拍下，左右脚一个小碎步往前轻巧一跨，站定在了三分线弧顶，而回弹上来的篮球也恰好被他用双手持住。

"他要投三分！"

防守队员纷纷恍然大悟，大呼被陈沐洋佯装强打内线的战术给欺骗。此时大家离外线持球的方雾已隔了好几个身位，上前补防显然是来不及了。

内线的对手还未来得及反应，半蹲着的方雾双手已作势将篮球向上提拉，佝偻的身形瞬间舒展开来，跃到了半空之中。他左手护球，右手指关节轻巧发力，在最高点轻轻投出。

场内所有人的目光聚焦，篮球在空中划出了优雅的弧线。

唰——

扬手三分，空心入网！

场上所有队员呆住了，一时间忘了鼓掌。大家都知道方雾院长一心埋首教学，从不参与任何活动，何曾想到他还有这一手。

"怎么了？继续啊！"

方雾被大家的反应弄得莫名其妙，退后几步招呼着。

陈沐洋这才知道，方雾本有着一定的篮球基础，只因平时教学任务过于繁重才放弃了这一爱好。不过他虽然投篮准，可毕竟年逾五十，没跑几步就开始不住喘气。当然这都不重要，在陈沐洋看来，那个方雾老师回来了，前两日的阴郁一扫而空。

随着时间一分一秒地朝正午迈进，陈沐洋也慢慢从起初的观察提防，回归到了篮球本身的乐趣。自己曾经的老师，学术界的权威，怎么可能是犯罪嫌疑人？思忖至此，一阵酸楚渐渐涌上心头，愈加强烈。他为近日的胡乱猜测感到内疚。

"犯规！"

盯防方雾的一名"寸头"男生因不敢怠慢，防守变得积极起来，反被假动作虚晃，没刹住车，整个人失去重心扑在了方雾身上。那名同学摸摸脑袋，连忙露出抱歉的微笑。

"我犯规了，方老师要罚两次球。"

方雾将手臂沿顺时针划动，活动着被撞到的肩部，对那名同学咧开了嘴，回应着没关系。

唰——

唰——

两次罚球沿着标准的抛物线应声入网，周围同学不住鼓掌。方雾不以为意，摆摆手迅速回到了中圈发球处。

不同于二十来岁的年轻人，年过半百的方雾没有敏捷的身手和能够激烈对抗的身体。为保持体力，他总是采用威胁和假动作不断调动着精力充沛的防守队员，不到对手露出破绽绝不出手，每次出手却是一剑封喉。

参与防守的同学也逐渐打消了"放水"的念头，更不敢大意，对他采取了贴身盯防。而方雾却用起了"造犯规"战术，进攻时并不贸然出手，通过虚晃，让每一名防守队员吃尽了苦头，纷纷将他送上罚球线。一场比赛下来，陈沐洋这队大部分得分反而都是通过罚球取得的。

叮叮……

十二点下课铃声准时响起，陈沐洋抬头望向天空，遥远的光芒正将厚重的云层分割，阳光从罅隙中漏出，洒在了学生们的脸上。

陈沐洋心中的雾霾似乎被一扫而空。

"我们去吃点东西吧！"方雾揩着额头上豆大的汗珠，仍旧喘着粗气。

跟随下课的人流，两人朝着食堂方向走去。进入食堂来到了二楼，这里虽不似一楼般拥挤，却也人满为患。两人在边上稍微僻静的角落坐下，点了三个小菜。陈沐洋刚想抢着付钱却被方雾制止，最终还是没拗得过，记在了老师的账上。

许久，穿着白大褂的食堂服务员端来了热气腾腾的午饭。陈沐洋发现自己已饿得不行，高消耗后连粗茶淡饭也成了珍馐美味，不禁咽了咽口水。

"请！"

回到"正常"场合下的方雾又显得刻板起来。

"来来来！赶紧开动！"

陈沐洋将两人米饭盛上，迫不及待端碗拾筷，这是他第一次和方雾老师共进午餐。更重要的是：现在方雾的嫌疑已基本排除。

"真没想到方老师篮球打得这么好。"陈沐洋难以抑制激动的心情，连声称赞，"这么久我还是头一次领教。"

"老了，体力跟不上，只能在外面投投球，冲锋陷阵还是得靠你们年轻人。"

"唉，就我这糟糕的运球投篮技术，也就只剩身体可以拼拼了。"

陈沐洋夹起一片芹菜爆炒的猪肝，正准备大快朵颐，短信铃声却从裤兜里传来，刺激着他的耳膜。

陈沐洋在分局虽不受上司待见，可敢作敢当，看重兄弟义气，深得同事们的好评。他忽然想起之前跟局里的好兄弟吩咐过：交付赎金一旦有什么风吹草动就即刻通知他。倘若不是这条短信，他早把这事儿抛到了九霄云外。

已经抓住绑匪了吗？还是被他逃了？不管如何，方雾就坐在对面，自己就是其无罪的最好人证。那么之后的侦破工作将彻底交给同事，想到这里陈沐洋顿感心情舒畅。

他滑动屏幕解开了锁，映入视网膜的信息却让他瞬间锁紧了眉头。这样的神色一闪而过。

陈沐洋将手机放下，带着深深的不解，目光死死锁住方雾。

"COROLLA"轿车停在南方公园中心广场一旁的空地上，梁果拎着黑色挎包掂了掂，紧接着，他一手提着挎包肩带，另一只手紧紧将包按在腰部，开门起身，动作十分僵硬。

"梁先生，从这里往广场慢慢走过去，在离你最近的长凳上坐下。不要担心，现在你已进入警方的保护范围。"

通过无线耳机再次传来指示。

梁果左手刚将车门打开，又不自觉迅速回到了腰间挎包处。可偏偏停车位置有一定坡度，车身倾斜，才打开的车门又随惯性重重关上，吓得他一个激灵。

放松，放松……没事的……

梁果再次将车门用力推开，确认没有问题，才迈出左脚踩在了草坪上，右脚使劲一蹬，猫腰侧身站了出来。他知道现在自己处于刑警的严密监视中，更进入了罪犯的视野。

梁果仍旧保持着刚才别扭的姿势，护着挎包，向远处的长凳迈出步子。

"梁先生！梁先生！"

耳机内猛然传出的声音让梁果再一次死死拽住了腰间挎包。他僵在原地，眼珠打转，努力探索着周围。感到背后有人慢慢欺近，呼吸变得急促起来。

"梁先生，你的车门没有关……"耳机里又响起了声音，"请慢慢回头，回去关上……不要显得有人在暗中提醒你，动作自然一点。"

这个提示让梁果哭笑不得，他发现头发已被渗出的汗珠死死黏在脸上，衣服也被汗水打湿，呈现出一块块不规则的汗渍。

关上车门后，梁果没有再出纰漏，成功坐到了长凳上。他像完成一项艰巨的任务般重重吐了口气，将挎包放在了大腿上。旋即，梁果又不自觉地弓腰，将挎包捂得严严实实，如临大敌。

许久，他逐渐适应，按捺不住，环顾四周。眼前的广场约有一亩地大小，顽强的杂草在石板间隙生长着。正中间是个三米多高的喷水池，里面有些干涸，浑浊的水正从喷头里缓慢涌出。左手边不远处摆放着一些健身器材，只有两个老年人还在一边运动一边聊天。右手边立着一座强化塑料搭建的彩色滑梯，颜色已不复往日的鲜艳。梁果想起了过去，儿子五岁那年，正是看到了这个滑梯，哭闹着要玩儿。一晃十五年过去，他不禁感叹时光飞逝。四周高楼拔地而起，早已将此处环绕，不知现在到了傍晚，还会有情侣牵手漫步在周边的小径上吗？还会有父母带着孩子在此处玩耍遛弯儿吗？

时光易逝，只剩远处的秋千仍在微风的吹拂下寂寞地晃动着。

由于是工作日上午，广场里的人不多，一眼望去只有寥寥几人。有牵着小狗悠闲散步的老人，也有身着紧身运动服的青年男子，从他跟前快速跑过，还有一个穿着鸡心领背心的中年男人……正朝自己走过来！

梁果迅速瞅了一眼手表，时针分针正好重合，指向了十二点。

果然是他！

正午的阳光忽然洒向大地，正巧照射在梁果的脸上，让他不禁眯起了双眼，眼前那个中年男人的身影也跟着模糊起来，但他仍能感觉那人越来越近。

"梁先生！你怎么了？嫌疑人出现，他……"

不知是否因刑警过于激动,耳机里的声音带着破音,这让梁果感到一阵耳鸣,整个人头晕目眩。他左手按着脑袋使劲眨动眼睛,忙朝刚才那个方向望去,却不见半个人影。

"听得到吗……梁先生……他……嫌疑人……"

耳鸣声仍在持续,梁果焦急地坐在原地,一股寒意从背后升起。

"再次重复!疑似嫌疑人就坐在你旁边!"

通信突然恢复,耳畔的这句话梁果听得真真切切。他却仿佛被定住一般,瞳孔轻微颤动,想转头往长椅右侧看去,但僵硬的颈椎却如石化一般动弹不得。他隐隐听到了旁边那人发出的喘息,全身汗毛如触电般立了起来。

"大哥,能借个火儿吗?"问话声就在耳边。

梁果艰难转头,坐在身旁的男子皮肤黝黑,牙齿蜡黄,留着一头老式中分,嘴唇上的小胡子还打着卷,显得颇为邋遢。此时的他指间正夹着一根香烟朝梁果递着眼色求助。

"梁先生!不要放松警惕,慢慢把黑色挎包打开,试探下这人的反应!"

你就是绑匪吗?

梁果将拽紧挎包的右手缓缓松开,慢慢摸到了拉链的位置,一点点将挎包拉开。僵硬的动作不禁吸引了小胡子男人的注意,他也将目光聚焦到了黑色挎包上。

随着拉链打开的缝隙越来越大,挎包中的现金带着鲜艳的色彩,眼看就要溢出。而那个小胡子男人的神情也从刚开始的不解变成惊愕,大张着嘴巴半天没有发出声音。

"你……你……你神经啊!"小胡子男人倏地从长椅上蹦起来,指着梁果鼻子连声骂道。

"把我的孩子还给我！"梁果哀求，直视小胡子男人的双眼，同时捧着现金小心欺近，"钱都在这里，全部给你！求你了！别伤害我儿子！求你了！"

小胡子男人被梁果的举动吓得不轻，连连后退，一个趔趄摔倒在地。狼狈不堪的他连滚带爬，不时还回头骂骂咧咧，踉踉跄跄的身影很快消失在了梁果视线中。

梁果完全顾不上后面发出的指示，只觉脚下一软，跪伏在地，低声悲鸣。

"回来……回来啊！回来把钱拿走！都是你的……全部都是你的……"

他继续沉浸在自己的痛苦中，对悄然搭在背后的一双手毫无察觉。

"您好！请问是梁果先生吗？"

梁果在恍惚中缓缓回头，一名身着黄色快递制服的男子正微笑着站在身后。

"四组，四组！"

指挥车上，实时监控在一张简易办公桌上一字排列，陆洪涛正紧紧盯着屏幕。"赶紧派警员跟上刚才那名逃跑的男子。对！死死盯上，但不要打草惊蛇，直到今天全部行动完成，确定他没有嫌疑为止。"

"报告陆队！那名快递男子已站到他身后，但梁果好像一直没有听到我们的提醒！"

"梁果你在做什么啊……他回头了，在和快递员说话！赶紧让他保持冷静！"陆洪涛右手不自觉紧握，又轻轻松开，似乎不想让别人看出他的紧张。

"正好十二点,这个快递员指名道姓找到梁果,一定是凶手安排的。或许就是凶手本人!是要通过快递将钱寄到另外一个地方吗?"

"不是!陆队!这个男子不是来收件的……"

"什么?"陆洪涛转过头,双眼死死盯住屏幕。

"祝您心情阳光每一天!"

快递小哥露出了标准的职业微笑,随后骑上电瓶车,慢慢驶离。只留下了一个一尺见方的纸盒子。

梁果端详着眼前这个盒子,大小刚好能容纳一个篮球。

这是什么?为什么要给我?

"慢慢打开它,请小心一点……"无线耳机提示着。

梁果面对这个纸盒子显得手足无措。他身上没带工具,徒手拆了半天也没找到一个可以撕开的胶带头,小心翼翼的动作如同正在拆解一个定时炸弹。

不过随着时间一分一秒过去,在所有刑警的注视下,一道道透明胶带被慢慢剥离。盒子终于被拆开,里面的东西一览无余,呈现在眼前。

"是什么东西?梁先生!请回答我们!盒子里到底是什么?说话啊……喂!咦……耳机又坏了吗?喂喂……"

梁果出门后,孙澜将家里收拾得焕然一新。梁钰晨卧室的床上,叠好了用来换洗的衣物。在女主人眼里,这几天儿子肯定受了不少苦，回来得冲个澡，换身衣服，好好休息一下。

可随着时间临近，在厨房忙活的孙澜开始控制不住胡思乱想，炒菜总是下锅一半就开始走神，完全没有在意还在锅中活蹦乱跳的油点子，直到溅至手上才回过神。她赶忙一手熟稔地继续翻炒，另外一只手轻轻拭去眼角的泪水，对着空气中的油烟勉强挤出笑容。

一会儿小晨就回来了，平平安安的，一脸哭相像什么样子啊！

孙澜将最后一道菜宫保鸡丁起锅装盘，端出厨房，轻轻放在客厅的餐桌上。来回调整几下，直到与其他美味形成了一个简单的对称图案，仿佛那样能让它们更可口。

自从儿子上了大学，一家三口就很少在一起吃饭。就连寒暑假，也有好几次刚把食材备好，就接到他在外面与朋友有约的消息。

眼前，桌上升腾而起的饭菜香仿佛告诉孙澜，就像曾经那样，无论那个小家伙跑得再远，都会"嗅"着家中熟悉的味道，立刻奔回来。熟悉的餐桌、摆放有致的碗筷……这就是平常不过的一顿饭，再过片刻，老公会将他面前的肉柳悉数夹给自己，嘴角黏饭的儿子则会嚷着再盛一碗……

已经十二点半了，相信小晨已平安获救了吧！说不定已在回来的路上了呢！对了，饭，饭还没盛！

孙澜慌忙起身，手机却在这时响起。

是梁果打来的！

驻守在一旁的刑警一个激灵急忙站起，孙澜却抢先一步摁下了通话键。

"喂喂……"做了许久的心理准备，但这一刻，孙澜的声音还是颤抖得不像话。

电话那头一阵沉默。

"喂……你……怎么不说话……"她的声音变得孱弱不堪。

"……"

两名刑警面面相觑,都有着不好的预感,无奈地朝孙澜走了过来,交换一下眼色,准备伸手搀扶。这时却见孙澜脸色一变,双目圆瞪得如满月一般,与方才那个纤弱的女子判若两人。过于惊悚的转变让两名刑警的双手都定格在了半空之中,他们愣在原地。

"说话啊!"孙澜拔高音调,厉声嘶吼。

"……"

"我儿子呢?我的儿子呢!"

"……"

"不说话是什么意思!梁果!你浑蛋!说话啊——"

"……"

# 第六章

　　那是在 D 县警的辖区内发生的一起绑架案。绑匪巧妙地抢走了二千万元的赎金，而被拐走的七岁小女孩被发现的时候，已经成了一具惨不忍睹的尸体。

　　　　　　　　　　——横山秀夫《64》

　　梁果家中挤满了警员。陆洪涛面色铁青，一语不发，默默注视着眼前这对不幸的夫妇。

　　"让我看下儿子的衣服好吗！只瞧一眼……"孙澜瘫坐在地，气息奄奄，双眼噙满了泪水。

　　"非常抱歉……"陆洪涛思索着措辞，生怕哪句话变成了最后一根稻草，"因为衣服上有……嗯，疑似颜料的东西，物证组已经拿去化验了。"

　　一旁神情僵硬的梁果单膝半跪在地，紧握着孙澜的双手，小心抚慰，听到"颜料"二字，脸颊不禁抽搐了一下。

　　今天中午那个快递盒子被他打开，里面盛放着儿子的一件白色连帽衫和一张 A5 纸，上面有几个大大的黑体字：报警的代价！更让人触目惊心的是，那件衣服上浸满了大片的猩红色，当即被转移至物证组进行鉴定。虽然刑警对衣服上"颜料"的成分心知肚明，但为了不刺激家属，造成更大恐慌，鉴定结果出来前大家都对此讳莫如深。

可一切对于梁果来说如同掩耳盗铃，多此一举。那件衣服当时就在面前，他几乎一眼就能判断出那是血迹。扑鼻的血腥气味和那张恐吓信，更加印证了他的猜测。

警方按照程序提取了衣服上的血迹，同时采集了梁果的血液样本，将二者进行DNA比对，报告第二天一早就可得到。然而等待的过程却极度煎熬，梁果从现场返程时，脑海里不断闪现着"凶多吉少"四个字。甚至开车过程中，一度想松开方向盘，任由车辆失控乱撞……回到家后，当他目睹妻子已濒崩溃，才意识到必须抑制住悲观的情绪。比起自己，他更担心孙澜，她如何能承受这般折磨。为了推迟精神上的打击，血迹一事梁果只采用了"红色颜料"这一描述，并未将当时的判断宣之于口。

至少妻子不会在明天到来前疯掉。

"孙女士，你不要过于悲观。"陆洪涛作为本次行动的负责人，遣词用字颇为审慎，"衣服上的未必就是血迹，但我们也做出了最坏的假设……"他看着披头散发，耷拉着脑袋的孙澜，试图慢慢靠近安抚她，"根据衣服上的血迹范围判断，失血量大约为三百毫升……就算是被害人的血，按照成年人的失血量，也不会致命。嗯……毕竟犯人是以赎金为目的，你们的儿子应该……我相信一定会平安无事的！"

说完这番话的陆洪涛刚想松口气，却见孙澜霍地抬起了头。

"平安无事？"

孙澜嗓音嘶哑，眼泪早已干涸。她死死瞪着陆洪涛，眼神中透着极重的怨气。

"你说我儿子平安无事？平安无事……你试试流这么多血有

没有事!"

陆洪涛面有愧色,低垂着视线,不再辩解。

"你不是警察吗?你们不是警察吗?"孙澜将目光掠过陆洪涛,移向他的身后,朝其他刑警望去,"你们不少人也是有孩子的吧!你们的孩子流了这么多血,你们还能这样淡定说出平安无事这种话吗?将心比心你们会怎么想?啊?"

不设身处地,任何人都无法体会一个母亲此刻的绝望。在场众人悉数低下头,避开了她幽怨的目光。

"不一定是血!"梁果吃力地站起,扶住孙澜,"现在不是等警方鉴定么!说不定根本就不是血迹,只是一般的颜料呢?凶手……绑匪说不定只是想要恐吓我们!"

"恐吓……恐吓……"孙澜呓语连连,身子歪歪扭扭,突然将梁果的手腕一把拽住,指甲眼看就要嵌进肉里。

"对!对!我们不要报警了!不要报警了!"孙澜神色恍惚,嘶吼起来,"让这些人走!赶紧让他们走!我们错了!我们不报警了!不报案了!不报了!"

家属这般模样让每一名在场的刑警感到尴尬与愧疚,没有人站出来尝试说点什么,他们的目光不断在夫妻两人身上来回逡视。此时,梁果也后悔万分。绑匪本只为求财,若不报警想必不会发展到这般田地,是自己害了儿子……

梁果愣在原地,仿佛身陷炼狱,无助和绝望正啃噬着每一寸肌肤。他做梦都没想到,这仅仅是一个开始……


《G弦上的咏叹调》回荡在房间。唐弦系着领结,一身西装显得肃穆庄重。红酒杯的杯柄被左手小心持住,右手如指挥家般对着虚空轻柔划动。只见他双眼紧闭,神情舒展享受,似乎跟着旋律感受着巴洛克时期的优美。随着音调忽高忽低,节奏渐快渐慢,他眉宇间也时而松弛,时而紧锁。空气中弥漫着浓郁扑鼻的芳醇,罗曼尼康帝如被清风拂过般微微震荡,在杯壁边缘留下若隐若现的砖红色。音乐继续演奏,他宛若一个芭蕾舞者,在房间中翩翩起舞,直至曲调画上最后的休止符。

曲毕,唐弦优雅地抬起左手,将杯中的葡萄酒倾至嘴唇上方,呷了一口。裹挟着甘草味,酒的香气辛辣,缓缓划过杯壁,送入口中,带进喉咙,顺至胃里。一时间,他用全身的味蕾细胞感受蔓延开来的酒香,继续陶醉在旋律的余韵中,轻轻呼出了一口气。

"至于么……"

"我去!"

毫无准备的唐弦被这突如其来的"问候声"吓得魂不附体,方才优雅的画风荡然无存。

"陈沐洋,我可警告你!"唐弦气急败坏,仿佛要吃人一般,"不准未经允许就进我家来,更不许一声不吭地坐我背后!"

此时陈沐洋正陷在他身后的沙发里,悠闲地耸了耸肩,显得有些无辜。

"是你老爱把钥匙放在门口鞋架上,都不用我掏其他家伙。"

"那你不会敲门啊?"

"我敲啦!"陈沐洋两手平摊,将头扭向窗户,仿佛欣赏着天边的云彩,"根本就没人应。"

"当然没人应,你知道黑胶每听一次得等多久吗?"唐弦将唱片小心取下,用沾了清洁剂的碳纤维刷轻轻擦拭,如同呵护最珍爱的宝贝,"八个小时啊!才能听第二遍,因为……"

"唱针与唱片表面的聚乙烯沟槽接触摩擦,造成热胀冷缩嘛!"陈沐洋转述着唐弦以往的说辞,颇为不屑。

"要让唱片完全冷却至少得等八个小时,否则就会造成其永久形变且无法恢复。所以为了这短短几分钟,我可要等大半天呐!"

陈沐洋摆出了夸张的口形。他清楚,这个死党平时虽吊儿郎当,却有这个极其怪异的癖好,总喜欢一个人在家中品红酒听音乐,并且着装打扮浮夸得如同参加音乐盛会。要命的是他对"八小时"的严格遵守,整套"仪式"一开始,他就与世界隔绝,任谁都无法打断。

直到将唱片压紧放好,唐弦才将双手轻轻抽回。随后,他转身来到餐边柜旁,摸了摸还剩下半瓶的红酒,口气颇不情愿。

"来一杯?"

"算了!"陈沐洋摆摆手,"那高档货在你眼里是宝贝,在我这儿可跟十几块的地摊儿货差不多,还是别被我糟蹋了。"

"我知道你不喜欢喝。"唐弦似乎松了一口气,"我也就意思意思,你要喝我还舍不得呢!这瓶酒可是我半年的工资!"

"你就得瑟吧!你的家业资产够你天天拿它当漱口水了!"

"那可不一样!都是买,用自己血汗钱和用老头子的钞票意义可不一样。那种暴发户的钱纵使买再顶级的红酒,喝起来也是一股铜臭味儿。"唐弦做出了一副呕吐状,神态矫揉造作,"剩下半年的薪水,只要不挥霍淫靡,生活绰绰有余啦!"

一瓶红酒十几万你都舍得,还说不是挥霍……陈沐洋暗骂道。

"怎么?今天谁又惹到我们的神探啦?"唐弦小心翼翼地收起了红酒,"你的方老师又让你头疼啦?"

"哼……别又摆出一副看穿一切的表情。"

""昨天回去晚了被你家领导修理了!"

"喂!你给我住口好不好!我招!我招……"

陈沐洋坐定后,将今天发生的一切原原本本告诉了唐弦。听完陈沐洋的交代,唐弦沉吟片刻,情不自禁将右手拍向了大腿。"有个很大的发现!"

陈沐洋冲着唐弦凑了过来。"怎么样!发现了什么?"

唐弦清了清嗓子说:"你的方老师,居然会打篮球!"

陈沐洋瞬间无语。

"呵呵,果真好大一个发现……"

"关键他打篮球的方式也很特别呢!"

"哦……"

"对啊!难道你没发现吗?"唐弦自顾自说道,显得一本正经,"特别是'造犯规'战术,好像James Harden的'碰瓷儿'战术。太有趣了!"

"这就是你所谓的重大发现?!"陈沐洋近乎喊了出来。

"对啊!"唐弦反倒一脸诧异,"不然我还能发现什么?料知你已盯上他,所以只能通过快递送件,对家属进行恐吓?"他喋喋不休的语气中仿佛充斥着:难道你想听这些?

"不然呢?"

"这些道理谁都懂,还需要我再跟你复述一遍吗?"唐弦一脸不屑,"但是察觉他打篮球方式特别的人还真没几个,你不觉得这个'造犯规'战术真的很有趣吗?"

"打住打住!"陈沐洋的忍耐快到了极限,"除了这个,你就没有其他发现了?"

"急什么?还有件事我得核实!"

"什么?"

"负责寄送的阳光快递是什么时候收货填单的?"

"早上,大概凌晨五点。"陈沐洋回忆着同事给他的"线报","据阳光快递的工作人员称,是通过梁钰晨的手机于凌晨四点联系,让他们前往朝东路口,对方称寄件的东西就放在红绿灯路口边的一个垃圾桶上。这和之前寄送被害人私人物品的方式一模一样。"

"把手机地图打开!"唐弦拿出手机瞅向陈沐洋,带着不容抗拒的命令语气。

"地图?你要干吗?"陈沐洋疑惑不解,接过已解锁的手机,打开了导航软件。

唐弦跟着歪了歪脑袋盯着手机屏幕。"选择好比例尺,将两次垃圾桶的位置在屏幕上标注。"

"第一次大概……在这里,"陈沐洋用指腹触压手机,将电子大头针放置在了屏幕上,"这次是在——"

陈沐洋刚要放置第二枚大头针,手却停留在了半空中,鼻翼微微颤动。

"那么接下来,"唐弦并未因陈沐洋的异常反应而停下,"方雾的家在哪里?"

陈沐洋屈伸着僵硬的指关节,重新将第二次大头针重重放下,缓缓道:"方雾家,几乎就在这两点之间。"

"果然是个循规蹈矩的人啊!"唐弦双手拊掌,一脸欣赏,"连这种事儿都懒得多走几步路。"

提前租车、与被害人通过电话、改变出行习惯、两次收件地点的巧合,以及这两天的种种不自然……一切看似矛盾,又合乎逻辑。

迟疑片刻,陈沐洋握了握拳头,仿佛下了决定一般,缓缓起身。

"现在就去找他吗？"唐弦将手抬起，漫不经心地端量着指尖。

"我得当面质问他！"

"他嫌疑确实不小，但就不想想是为什么吗？没想过动机吗？或许遇到了什么不得不这样做的理由……"

陈沐洋脸上闪过一丝犹疑。"任何理由，都不能成为犯罪的借口……只要犯了法，就等于违背了他对法学的信仰。"

"我想到这样几种可能。"唐弦躬下身，在茶几底层的镂空隔断上一阵翻找，"你昨天说希望洗清他的嫌疑，同时也说过，无论遇到什么问题，他都不会通过犯罪去解决是吧？"

"是的！"

唐弦猫着腰继续翻弄。"假设，你的方雾老师就是凶手。他会不会因为二十五万元去绑架杀人？"

"不可能！"如同忍了很久一般，陈沐洋唾沫星子都快喷了出来，"绝对不可能！从念书时大家就知道，方老师是个朴素的人，逢年过节也从未收过任何一个学生和同事的礼品。倘使他真需要钱，我市这么多律师事务所，那么多需要法律顾问的公司，随便找地方挂个职，凭'方雾'这块金字招牌，一年收入岂止百万……"

陈沐洋边说边梳理思路，心情旋即平复下来，才发觉刚刚那个问题：他到底是为了什么？

"对！关键就在这里。总算找到了！"唐弦从茶几下掏出一个指甲剪，跷着二郎腿修剪起指甲，"一个根本不屑于金钱的人却绑架学生，说明根本不是为了索要赎金，那为了什么呢？这就是本案的蹊跷之处，话说梁钰晨被你找到了吗？"

"没有。"

"我是指你在方雾家找到梁钰晨了吗？"唐弦将脸抬起，盯向吃惊的陈沐洋。

"你怎么知道我……"

"根据你刚才说'进门都不用掏其他家伙'猜的，而且交付赎金十二点就已宣告失败，现在眼看快下午五点，既然都不是专案组的成员，可别告诉我这段时间是跑哪儿去散心了。"

"我确实去了趟方雾家。"

"身为一名刑警，在没有搜查令的情况下私闯民宅，你知道这是什么行为吗？"

"我知道。"陈沐洋慌忙争辩，"收到了血衣，人质的性命显然受到了威胁，就算我现在不是专案组成员，但不能眼睁睁……"

"查个嫌疑人还偷偷摸摸，刑警干成你这样，啧啧啧！"

"那怎么办？难不成等他回家后正大光明地去敲门？"

"这倒是个不错的思路……"唐弦话锋忽然一转，沉着脸，"鲁米诺做了吗？"

"全屋都做过，没有潜血反应。"

"指纹搜集了吗？"

"提取了，不多不少，正好十枚，多半是方雾的，已交给局里的同事了，有机会再做进一步检测。"

"一无所获呢……"唐弦略显失望的神色中带着一丝庆幸，"不过也好，这说明人质暂时不会有危险。"

"你为什么这么确定？"

"确切来讲，方雾压根儿就无法对其进行伤害！"

陈沐洋瞪大了眼睛，如同在问：为什么？

唐弦轻轻坐下，用指关节扣着茶几："昨天我提出本案的疑点中，还记得第二个疑点是什么吗？"

陈沐洋思索片刻。

"绑匪始终没让家属听到人质的声音？"

"考虑过为什么吗？"

沉默再次降临，许久陈沐洋试探着回答。

"你是想说……人质的拘禁地点？"

"正是！因为方雾根本没有将人质拘禁在家中，这也是绑架的大忌。他很可能将其拘禁在了另外一处地点，自然无法实现随时沟通，而血衣则是之前就准备好的恐吓'道具'。"唐弦稍作停顿，"既然人质没被方雾拘禁在住处，在你如此高强度的监视下，自案发起将课程排满的他根本不具备实施伤害的条件！"

陈沐洋懂唐弦的意思，但还是无法接受这样的推测。一个不安的念头在脑海中一闪而过。

"如果他有共犯呢？"

"这也几乎不可能！"

"为什么？"

"身为刑警你比我更清楚，增加共犯会极大提高罪行败露的风险。当然假设凶手是方雾，假设他真有共犯，那为什么租车、绑架、打勒索电话等一系列行为都是由他一个人完成？这个虚构的共犯并没为方雾提供不在场证明，也没有很好地为他减轻嫌疑，这样的共犯存在有什么意义？再说，我认为依方雾的脾气秉性，不会有人肯为他卖命……"

"难道人质暂时没受到伤害我们就不救人了吗？"

"你真的很想救人质吗？"

"这话什么意思？这不是想不想的问题，是必须尽快确保人质的安全!"

"你一直没懂我的意思!刚才那些都不重要……"唐弦再次摇了摇头,冷冷说道,"我真正想表达的,是你们想救人质的迫切心情,正是他企图利用的!"

房内忽然安静下来,室内只剩下冰箱压缩机的运转声。

唐弦语气低沉。"以目前你所掌握的线索,租车上下班、打过被害人电话等……这些是证据吗?"

"当然不是,可这些同时发生在方雾身上绝对不合理!"

"回答我的话!"唐弦拔高了音调,但仍低头修剪着指甲,"这些是证据吗?"

"不是……"

"既然不是,凭什么控制他?这些线索你认为不合理,但我也可以理解为巧合。谁规定满足上述种种就犯法啦?无罪推定、排除合理怀疑这些你懂吗?"唐弦话锋一转,语带嘲讽,"当然,针对以上连间接证据都算不上的嫌疑,你们还是可以对他进行传唤或拘传,不过至多拘留他十二个小时,且不能使用戒具。超过十二个小时他就可以起诉你们。"

"我们也可以通过……总之我们有延长限制嫌疑人自由的办法,持续审问,兴许能拿到口供。"

"通过什么?连续拘传是吗?根据刑事诉讼法第117条规定,传唤、拘传持续时间不得超过十二个小时,并且……"唐弦抬头放下指甲剪,看向陈沐洋,眼神变得严肃,"并且,不得以连续传唤、拘传等形式变相拘禁嫌疑人。"

分局在对待部分重大案件时,为迅速拿到口供,的确对犯罪嫌疑人采用过一些强制措施。虽然提高了破案效率,但在某些方面委实侵犯了嫌疑人本应享有的合法权益,更闹出了不少乌龙事件。为了事实的正义，忽视程序上的合规，这是现今部分办案人员的通病。想到这里，陈沐洋低下了头，对自己脱口而出的谬论感到羞赧。

"再来看看拘传的这人是什么身份。"唐弦一手支颐，"鉴于他已经排满了所有的课程，一旦对其实施拘传，势必打破正常的教学秩序，成为新闻被传得沸沸扬扬。一位德高望重的华大院长，因曾经学生的种种猜测，被当作绑架案的嫌疑人拘传……在这个互联网时代，你根本想象不到这将带来多大震动。另外，我市司法系统中更有不少高层领导和工作者曾是他的学生，怎么会坐视不管？可能还没弄清个子丑寅卯，早被媒体大肆渲染，登上头条了！他若是真凶还好，假如不是，你们的一举一动全将暴露在真正绑匪的视线之中。"

不让整个局面失控才是眼下最重要的。陈沐洋意识到了自己的冲动，这归咎于他先前对方雾的无条件信任。当然，即便现在他也依然没能接受方雾就是犯罪嫌疑人的事实，回想方才的举动，委实冒失。

"我知道你没有偏袒方雾，始终都站在正义那一边。"唐弦语气趋缓，变得意味深长，"可你要明白，公检法中程序正义高于一切，它代表裁判过程的公平，法律程序的合规。"

"我懂你的意思，"陈沐洋顺势接过了话茬儿，大学时方雾提过个概念，"杀人犯该判死刑、无期还是有期徒刑，每个人都有不同的尺度标准。为了维护司法权威和可操作性，就需要一套严格的程序。一方面可以让每个罪得到制裁，另一方面也让社会大众接受这样的判罚结果。这个过程合规公正，就是程序正义。"

"不愧是一个合格的书呆子！"唐弦口气略带调侃，目光却聚焦着前方某一点，似乎沉思着什么。

"喂,你小子到底想说什么!这些和案件有什么关系?"陈沐洋面带愠色,焦躁起来。

"还记得世纪大审判吗?"

"你是说辛普森杀妻案?"陈沐洋用不解的眼神缠住唐弦,"怎么了?"

"当年媒体可是号称辛普森杀害妻子的鲜血连上帝都看见了,但法律没看见。"

"嗯,那是因为当年警方在取证程序上确实存在明显违规,才造成了铁证变成无效证据。所以众目睽睽下,辛普森最终被无罪释放。"说到这里,陈沐洋涣散的瞳孔突然有了焦点,"难道方雾会……"

"没错,刚才提到的程序,既是你我公检法人员惩治罪恶的武器,也是限制我们的规则。什么条件下可以拘传、什么情况下采纳证据等都有严格的规定,环环相扣且逻辑严密。回到本案,你想伸张正义无可厚非,但程序上的逻辑如果出现漏洞,很可能被方雾钻空子,主动权就不在我们这里了!"

陈沐洋明白了唐弦的意思,忽然想起昨天方雾的话。

> ……法律与程序是任何时候都不能违背的逻辑。特别是许多从业了数十年的公检法人员,自以为可以代表公平正义,凌驾于程序之上……

陈沐洋的口吻中夹杂着惶惑。"你是指方雾会利用我们的疏漏,通过法律程序让自己脱罪?"

"我无法回答你,放在以往,我的法学字典中绝不允许存在这种情况。好比对于你们刑警来说,根本不存在不可能犯罪一样。我还是第一次产生了这样的动摇。我不明白为什么会这样,但面对这样一位法学界的泰斗,程序上任何一点瑕疵都逃不过他的眼睛,利用证据链中的漏洞,他可谓驾轻就熟,或许仅因立案文件上的一小错误,就可以让你们前功尽弃。"唐弦托着腮,继续着,"依你之见,方雾作案手段漏洞百出。在我看来却恰恰相反,一切或许都是诱饵!目前双方的处境,就像一场篮球比赛。他掌握着人质,即是持球一方,你越是千方百计想断球,越会陷入他的节奏和逻辑。先前我分析过,方雾处处不合常理的作案手段就是疑点。他在故意展示'漏洞',吸引警方的注意,在等你们沉不住气,等你们去冒失犯错,并伺机造你们的'犯规'!按照他的逻辑,程序上一旦存在瑕疵,或许连罪都定不了。他是在用毕生的专业积淀和你们博弈呢!"

方雾对法学的毕生钻研变成了与整个公检法对峙的武器,甚至还处于持球一方掌握主动权,企图造警方的"犯规"。这般假设不禁让陈沐洋深感吃惊。如同今天在球场上,看似业余的表现将所有人麻痹,却屡屡在关键时机一剑封喉打败对手。然而当下的方雾已不再是场上的队友,而是冷冷站在面前,伺机施射的对手。

陈沐洋忽感一阵晕眩,这个曾在心中地位如山一般的人变得模糊而扭曲。

"现阶段,你只有两条路。"唐弦竖起了才修剪好的指甲,比出了 V 的造型,"第一条路,回警局,做你该做的事。反正你也不是专案组的成员,就别再继续掺和了。不知为何,这个案件我有种奇怪的预感……"

"第二条路呢?"陈沐洋毫不犹豫。

"弄清真相往往比弄清真凶更重要!在声纹恢复及新证据出

现前，盲目猜测只会让你陷入死胡同。目前只有你掌握这些线索，既然如此，就得靠你自己找出他的动机，探寻事件的真相。"

"靠我自己，找出真相……"陈沐洋低声说。

他知道，留给他的时间不多了。


城东分局物证鉴定室内，几名身穿白衣大褂，戴着白帽口罩的男子围在一张桌子前。

面对梁钰晨血衣上的成分，物证组先是通过联苯胺加冰醋酸加过氧化氢进行测试。这是利用血红蛋白还原性进行的一种试验。片刻，结果呈蓝色，证明成分为血液。紧接着开始确证试验：通过FOB试纸条测试是否为人血。几分钟过后，结果为人血。整个鉴定过程的气氛变得紧张起来。

"血迹形态和分类如何？"组长高磊擦了擦额头上的汗，微微转头看向身旁的同事。

"衣物上的血迹凝聚在一起，空间大小约300mm×280mm，单位面积内血迹含血量较高，具备一定厚度，有多处低洼和载体平面，形态为泊状。"

"血迹分类呢？"高磊眯起双眼，眼角的鱼尾纹骤然聚拢，从口罩和帽子的缝隙间挤压了出来。

该项结果十分关键。

"是滴落状血迹！"

"确定吗？不是喷溅状？"

"可以确定！"

得到这个消息，高磊略微舒展开原先收紧的眼角。

在血迹分析中，其分类通常为滴落状、喷溅状、流柱状、擦拭状等。其中，滴落状血迹的主要表现为点状，它的形成过程是血液从相对高处滴落在载体上。而与滴落状血迹不同，喷溅状血迹是被害人受到重创后，身体部位的动脉血管破裂，导致血液喷溅而出并溅射到载体上形成的。

综合上述观察，可以推测嫌疑人先是把梁钰晨衣服剥去，然后再将被害人血液抽出倾倒在衣物上，通过快递寄送。通过一系列行为可简单推理出这是一种对家属的警告，因此才采取了伤害较小的方式来制造恐吓效果。这在一定程度上排除了被害人受到重创的假设。

虽然目前情况仍十分严峻，但这也算唯一值得欣慰的消息。高磊看了看时间，已是傍晚时分。接下来就剩最后一项任务：将衣服上的血液与梁果的血液样本进行DNA比对，虽然至少得等八个小时，但这是确定该样本是否属于梁钰晨的唯一方式。在得到方才的"好"消息后，在场同事们都重振了士气，全神贯注地投入到后续鉴定流程。

一回到分局，陈沐洋就将杯中的水一股脑儿倒进了喉咙，一屁股坐到了椅子上。水通过食道被灌进胃中，让他感到一阵透彻的清凉。他放下杯子，紧靠椅背，重重呼出一口气。

五人间的办公室虽然还亮着灯，却空无一人。参与该案件的同事不出所料都被陆洪涛召集进行紧急会议，此时，只剩下了一个身份尴尬的"局外人"。

案件盘根错节，尤其牵涉方雾，更让陈沐洋陷入了矛盾。他想逃避，却无法抽身。随着案件深入发展，方雾的动机犹如一个巨大的旋涡，将他牢牢拽住。他越想挣脱，越被死死吸附，反而离旋涡中心越来越近。

陈沐洋深吸一口气，索性拿起纸笔，在案头上再次梳理着案件脉络。

4月17日下午4点半至傍晚，推测该段时间梁钰晨遭到绑架。
4月18日凌晨1点，梁果孙澜收到绑匪电话。
4月18日凌晨2点02分，警方接到报警，并立案。
4月19日清晨7点32分，梁果孙澜收到具体交付赎金要求。
4月20日（即今天）12点整，梁果携赎金于南方公园广场，仅收到梁钰晨带血衣物……

陈沐洋将做好的笔记轻轻撕去，右手将签字笔转动把玩几下，再次握紧，又在纸上发出窸窸窣窣的摩擦声。

去年年底，方雾租车。
4月17日16点30分，方雾结束当天下午最后一堂课。
4月17日16点32分，方雾向梁钰晨去电，内容不详。
4月17日17点左右，方雾驾车离开学校，且再未搭乘该校公务车。
4月17日22点左右，方雾驾车返回家中。
4月18日8点30分至16点30分，方雾在学校进行相关教学工作，几乎未曾离开他人视线。
4月18日16点30分至17点30分，方雾与陈沐洋在校园内交谈。婉拒了自己载他一程的好意，自行驾车离去。

4月19日8点30分至16点30分，方雾在学校进行相关教学工作，几乎未曾离开他人视线。

4月19日16点30分至18点，方雾与自己在校园交谈。随后自行驾车离开。

4月20日8点30分至11点，方雾进行相关教学工作。

4月20日10点至11点，方雾一直待在办公室。

4月20日11点至12点，自己找到方雾，邀请后者于篮球场运动。

陈沐洋放下笔，目光聚焦在一串串时间节点上，逐个分析。

正如唐弦指出的，嫌疑人的行动十分拖沓却富有规律。从打电话告知人质家属、到提出赎金交付、再到寄出血衣……几乎一天才完成一件事。并且，事件均在非工作时间发生。

反观方雾，每次嫌疑人展开行动时，方雾均没有不在场证明。同时，他在众人视线内时，嫌疑人又未展开任何行动。加上先前那些假设和巧合，方雾的嫌疑愈加明显。

可是，这些是证据吗？

当然不是。如果要对方雾实施拘传，必须向城西分局发函，由该分局配合。考虑到自己已不是专案组成员，一想起陆洪涛那副嘴脸，就觉得不太现实。

程序正义……

陈沐洋再次想到了这个词。

"实体正义是抽象感性的，人性更是难以揣摩。世界上的罪恶千千万，法律条款更数不胜数，加之每个人的认知看法不同，势必导致同一件事情会有不同的解答与判罚。"

那天讲台上的方雾穿着一件略带褶皱的灰色衬衣，将身躯衬得有些枯瘦。饶是如此，传入耳膜的字句却声如洪钟，充斥着力量感。

"譬如已有子女的父母，会一听到人贩子拐卖儿童就咬牙切齿，恨不得杀之而后快。类似的，家中饲养宠物的人亦会在听到偷狗贼被打死的新闻后大呼过瘾。而对于某些愤青来说，则会认为政府官员都是靠溜须拍马上位，都该被彻查……诸如此类的事不胜枚举。"

"每个人都有着不为人知的过往，有着千差万别的痛点，以致这个世界充满了冲突和不理解。你视之为信仰的东西在他人眼里可能一文不值，而别人所谓的无价之宝你或许弃如敝屣。对于这个开明现代的社会，我们允许有一千个哈姆雷特同时存在。可是，在法律审判时，绝不能就同一种罪行做出两种截然不同的裁决！"

说到这里，方雾露出了难以掩饰的亢奋，将水杯轻轻端起，稳稳喝了一口，继续着。

"所以针对矛盾纠纷的处理、面对犯罪的态度，程序理应高于一切！在用程序这个统一的标尺衡量时，不能戴着有色眼镜去揣测任何一个有嫌疑的人。我们是司法工作者，要用理性去面对丑恶，用专业去审视犯罪。"

陈沐洋忽然感到颅顶一阵炙烤般的灼热，不自觉抬起了头，却猛然发现方雾正紧紧盯着自己，两人四目相接。

那是一种近乎逼视的目光……

一个哆嗦，陈沐洋回过神，一股凉意旋即爬上背脊。他紧了紧衣领，不禁感觉室内制冷过了头，遂拿起遥控器关掉了空调。经过一整天超负荷工作，空调出风板发出了抗议般的咔咔声，之后便收敛起来，室内陷入沉寂。

在没有掌握实质证据之前,凡事切忌先入为主妄加猜测,一切均须以事实为依据,以程序为准绳。方雾当年的观点倒与唐弦今天的"忠告"不谋而合,可此时陈沐洋却有着一种难以名状的感觉。

程序上的漏洞……难道真有一种不可能犯罪,能凌驾于法律之上?

等等!我这是怎么了?方雾又不是什么高智商的犯罪天才,他也只是个普通人,无论对法学如何钻研,也不过是一名大学教授罢了。况且这并不是推理小说,怎么可能会有所谓的不可能犯罪……身为刑警的自己,怎么也产生了这样的想法?

陈沐洋走到窗边,将推拉窗缓缓打开,大口呼吸着室外的新鲜空气,百无聊赖地观察着车水马龙的街道。

所以,刚才那些都不是重点。方雾有没有犯罪、采取了什么方式、能否以所谓的程序逃避法律追责意义都不大,那是检察官和法官该考虑的事。关键是他的作案动机到底是什么?毕竟,陈沐洋实在想不出能有什么理由会让恩师越过那条底线。

求财可以排除,那不可能。难道是……仇恨?

仇……和谁有仇?方雾和梁果一家又能有什么交集?

陈沐洋想起先前听到的"内部消息",同事称血衣上的血迹分类为:滴落状。这与唐弦推测一致,可见嫌疑人的意图为警告,并未对梁钰晨造成更多伤害。

不对啊!如果只是警告,那仍旧是普通绑架案的套路,侧面说明嫌疑人动机还是求财。如果方雾是绑匪,他会因为二十五万元绑架学生吗?

难道压根儿就不是方雾?

可结合先前的疑点,无论怎么勉强否认方雾与本案的关系,他也找不出一个适当的解释。

一切又回到了原点。

有些昏沉的陈沐洋抬头向墙瞥去，就快到晚上八点了，他脑中依稀浮现出妻子手拿平底锅的画面。算上今天，已经连续三天没有按时回家了。有什么办法呢？为了工作……不过这次已被踢出专案组，恐怕连工作都算不上吧！想到这里，他不禁苦笑。

虽然平时和肖依婷如胶似漆，可他知道，再牢固的感情也经不起如此折腾。一个女人，随着年龄增长，心中自然会产生一种落差。若这段时间没有丈夫陪伴，妻子比较容易陷入焦虑，长此以往婚姻难免出现裂痕。可大道理一箩筐，自己非但没能时常陪在她身边，动辄周末也执行突发任务……陈沐洋叹了一口气，看似光鲜亮丽的职业，背后其实承载着一个家庭的付出和牺牲。

女人都一样，谁不希望时刻和爱的人在一起。这是肖依婷告诉他的原话。每每念及于此，陈沐洋都感到难过与愧疚。

女人都一样！

猛然间，一个念头在陈沐洋脑海一闪而过。他想到了什么，可疲惫的思绪让一切变得杂乱无序。

女人都一样

这句话有什么问题吗？与案件有关系吗？难道是因为跟方雾有联系？可方雾是个男的啊！

苦苦思索了半天，仍旧没有头绪。陈沐洋不禁摇了摇头，有些想嘲笑自己的神经质。可能这几天绷紧的神经有些疲倦，才会出现方才那种莫名其妙的闪念。

他将双手抬起，放在太阳穴上轻轻搓揉。看来自己真有些累了。

戒指！

无意间，陈沐洋瞄到了手指上的婚戒，恍然大悟。

方雾左手无名指上的那枚戒指……

总是独来独往的方雾，他的配偶是谁？他的子女呢？

原先，陈沐洋对方雾的感情更多是一种敬仰。觉得他兢兢业业、鞠躬尽瘁，从没考虑过他也是个普通人，也有家庭需要经营。方雾成天埋首工作，比起自己有过之而无不及。更何况，根据校车师傅的证词：他是个从不请假、从不早退的工作狂。

外在的师道尊严，肯定离不开家中另一半的支持。结合自身情况，很难想象这样的人背后又会承受妻儿怎样的抱怨。

毕竟，女人都一样……

疑窦丛生的他连忙支起身子，双手在桌面计算机上一阵操作，进入了联网核查系统。通过输入相关信息，进入个人档案记录查询页面。方雾的个人信息一目了然。

从工作简历到各种社会活动记录，陈沐洋的鼠标在界面上漫无目的地点击着。当浏览到婚姻状态时，他不禁瞪大了双眼。

屏幕上显示着"已婚"，但在后面的备注栏上却赫然标注着"丧偶"二字。

原来方老师的配偶已经过世，似乎也没有子女。或许这是他性格阴郁的原因之一吧……陈沐洋又想起了方雾无名指上的那枚戒指，不禁嗟叹。

石小婉。

这三个字第一次映入了陈沐洋的视网膜中，这是多年前方雾过世配偶的名字。他将此人姓名和身份证号码输入系统，敲击回车，刚准备从基本信息处开始浏览，眼睛却被页面底部的一条记录吸引。

该自然人于 1992 年 6 月 26 日晚，怀抱其女（6 个月）于家中坠楼，二人同时坠亡。

　　死亡原因均系颅脑损伤以及大面积内脏破裂导致内出血。

　　经出警对现场进行勘验侦查，系自杀。

　　陈沐洋倒吸一口冷气，整个身子不由自主挺得笔直。

　　自杀……坠楼……

　　他犹豫了一下，还是衔起一根香烟，暂时抛开了肖依婷的嘱咐：吸烟会增加受孕胎儿畸形率。点燃后猛吸一口。

　　一切发生在二十多年前，粗陋的记录交代了事件发生的始末，却引出一个更大的疑团。进入二十一世纪，分局经改制后才设立，所有卷宗档案在二〇〇〇年后才有详细记录。眼前唯一的记录简直惜字如金，如此简单，且还是发生于二十世纪九十年代初。

　　陈沐洋睁开双眼，不断将烟灰轻轻弹入垃圾篓，再次聚焦于显示屏幕，似乎要将那里看出个洞。

　　方雾妻子自杀那天发生了什么？方雾在现场吗？他妻子……是自杀吗？

　　一系列的疑问朝陈沐洋奔袭而来，直觉告诉他，恩师曾经的悲惨经历或许与本次绑架案存在着某种关联。

　　陈沐洋夹着还剩下的半截香烟，双手在键盘上开始上下翻飞。几分钟后，他再次重重靠到了椅背上。

　　据显示，方雾和石小婉的双亲均已过世，要从当事人以外的渠道去了解这件事几乎不可能。至于那天到底发生了什么，真相或许只有方雾一人知道了。

忙活了半天，线索都宛若这根燃尽的香烟，变成一片灰烬慢慢飘散在风里。

除了他，还有谁能成为突破口呢……

陈沐洋轻轻掸掉袖口上的烟灰，不自觉在桌上翻找，想再去扒拉才收起来的香烟。

梁果！

陈沐洋忽然想到了这个人。

一九九二年时梁钰晨还未出生，而当时梁果二十岁左右，假使方雾制造的绑架案跟曾经妻子自杀有着某种关联，能否从他身上找到突破口呢？

陈沐洋再次熟练地将梁果的个人信息输入系统，眼睛如同扫描仪般敏锐捕捉着屏幕中逐条呈现的信息。

须臾，一条记录被他牢牢锁住。

陈沐洋瞥了一眼时间：晚上九点整。他急忙抄起外衣，夺门而出。他拦下一辆出租出，迅速消失在了夜色中。

二十分钟后，他驻足于一栋现代化的写字楼前。虽是晚上，但夜色却无法掩盖从密密麻麻的窗口迸射而出的光亮，似乎上班族的工作热情丝毫不会受时间影响。

向楼下保安出示证件后，陈沐洋步入大厅。进入电梯，他按下了十三层，那里是一家心理咨询诊所。

根据目前治安管理要求，类似网吧上网、酒店住宿等活动，行为人均须将身份证在营业场所的核查设备上进行核查，而该设备是与公安系统联网的。此举是为了便于警方对某些特殊行业进行信息监测，也是公安机关办案"大数据"化的一个趋势，近几年心理咨询诊所也被纳入其中。

循着梁果信息记录中查到的内容：他曾在前年和去年多次造

访这家心理诊所。银行从业人员工作压力较大，偶尔接受心理疏导并不奇怪。可是根据记录，偏偏方雾也来过这里，时间是从去年年底到今年年初。陈沐洋通过工商备案登记号找到了这家心理诊所的确切地址，就位于这栋写字楼的十三层。

随着一阵失重感，电梯在十三楼停了下来，陈沐洋头顶的《致艾丽斯》钢琴曲也戛然而止。电梯门打开，将眼前的地产广告一分为二。"舒逸心理咨询"几个优美的大字赫然映入眼帘。在字的下方，迎宾前台处一名穿着西装制服的年轻女子连忙站起，切换到职业的微笑。

"您好！舒逸心理咨询欢迎您！"

陈沐洋微笑颔首，靠近迎宾台的同时环顾四周。

迎宾处的墙正对电梯出口，四面墙壁通体贴着淡蓝色的暗花墙纸，脚踩在地毯上，触感柔软，配合悠扬婉转的音乐，让人感到心情舒缓闲逸。若不去刻意观察墙上挂着的各类资质证书，会有种来到音乐咖啡吧的错觉。迎宾处左手边是一条走廊，一眼望去，两侧排列着若干个治疗室。而现在，整个通道都被一扇隔音玻璃阻隔。

"您好！请问您有预约吗？"年轻女子继续保持着微笑。

陈沐洋出示证件，露出微笑。"麻烦了，我要见你们的负责人。"

接着，陈沐洋被领进了走廊尽头一间十平方米大的办公室。负责人是一个戴着金丝眼镜的中年男子，叫罗远光，人如其名，头发快掉光了。只见他迎到门口，微笑着伸出了手。陈沐洋与其简单寒暄后表明来意，进入了正题。

起初罗远光不断东拉西扯，说什么涉及个人隐私不便透露，要他出示相关文书等。陈沐洋见其十分固执，索性以退为进，起身作势离去。

"既然罗医生是这个意思，那好！"陈沐洋将手搭到了门把上，"明天我就和单位领导一起开警车再过来一趟，也把正式手续全部拿来，请罗医生过目。"

罗远光一听这可不得了，眼镜背后的目光一时闪烁不定。心理诊所本来就是自己私人出资开的，没有什么背景，完全靠辛苦经营才有了今天的规模。混口饭吃的行当，哪经得起警方三天两头的折腾？罗远光咽了咽口水，赶紧拉住陈沐洋，一脸讪笑。

"陈警官这不把事情搞复杂了吗？"

"哪里哪里！"陈沐洋回头敷衍道，同时已迈出步子，打开了办公室的门，"我们还是走正规程序，毕竟这些都是要在公安机关备案的！"

"别，别，别！需要我们配合，现在就配合！"

"那好，方雾和梁果这两人是你们的顾客吧！"

"是我们这里的。"罗远光略微思索，连忙重重地点了下头，带着讨好的笑容小心试探，"怎么？"

"这两人在你们诊所由谁接诊？"

"啊？这个……都是我。"

"这么巧？"

"是啊！千真万确，不过……"

"不过什么？"

罗远光将泡满了枸杞的保温茶杯端起，轻轻呷了一口。"我记得梁果是在前年吧……就来我们这里进行咨询了。"

陷入回忆的罗远光仿佛想到了什么，倏地睁大双眼，但又迅速平复。他一时噤口不语，径自端起保温茶杯小口啜饮，升腾的水蒸气将眼镜片打湿一片,氤起了一层厚厚的白雾,平添了几分忐忑和滑稽。

刚才的一幕被陈沐洋尽收眼底,多年的直觉告诉他这里面大有文章。"他都咨询了些什么?"

"这个就真涉及个人隐私了……"罗远光嗫嚅着,"这个真的,真的没办法了……诊所有义务为所有的顾客保密,十分抱歉!"

"那好。"陈沐洋洒脱着站起身子,"那就明天再来打扰了!"

陈沐洋转身走出房间,罗远光看着他渐渐行远的背影,牙齿磨得咯咯作响。

"麻烦开下玻璃门好吗?"陈沐洋来到走廊出口处,用指关节轻轻敲着玻璃,转身望向罗远光。

罗远光踯躅半天,对着陈沐洋双手合十,服了软,招呼他回来。

"梁果他是前年开始在我们这里咨询的。"罗远光双手交叉相抱,脸上写满了投降,"他来得不多,顶多一个季度来一次,有时甚至半年才来一次。因为他咨询的内容,让我有些印象,所以我才记得这么清楚。"

"他咨询的内容是什么?"

罗远光抬起头瞄了一眼陈沐洋,怯怯地说:"不是我们不报警……而是我们也无法判断患者在心理治疗时言论的可信度。比方说,有的人做梦梦到中了一百万,在某些现实条件的刺激下,诱发大脑皮层反射……特别是在诊所这种环境,一旦接受暗示,就会以为自己真中了奖。"

"他咨询的内容到底是什么!"陈沐洋的口气中带着不容抗拒的意味,他知道自己正一步步接近真相。

罗远光深吸一口气,像在鼓舞自己,肩膀也随着一呼一吸不住上下耸动。他起身将陈沐洋带到了一旁的办公桌前,输入一串简单的密码,打开了计算机。陈沐洋就站在旁边,也不避讳。

罗远光通过搜索找到了梁果的咨询记录,无奈地抬起头,仿佛放弃了抵抗:要看就看吧!

陈沐洋坐到了计算机旁,目不转睛地浏览着上面的记录。

一开始的咨询,都是些流程化的谈话与疏导,医生的结论和批注都是诸如患者工作压力较大、生活家庭处理能力一般、心理易波动等不痛不痒的结论。但在去年一次咨询中,一段对话赫然映在了陈沐洋的视网膜上,让他瞬间捕捉到了方雾的动机。

## 第七章

要求杀人凶手自我惩戒,根本就是虚无的十字架,即使是这种虚无的十字架,也必须让凶手在监狱中背负着。

——东野圭吾《虚无的十字架》

第五次诊疗记录

(前略)

罗:"梁先生工作挺忙吧!好像有半年多没来了?"

梁:"唔,还好,只是……"

罗:"怎么了?孩子都上大三了,希望他今后从事什么职业呢?"

梁:"哦,对,大三,快大四了,这个得看他自己。他希望当一名法官呢!只是得先过司考才行,听说这门考试可不容易。"

(医生批注:梁果对儿子的学业总表现得十分关切,这是受自身教育局限,产生的一种补偿性心理。)

罗:"梁先生儿子已经很争气了!能考上华南政法大学,那可是国内数一数二的法学类院校。比起你,我儿子现在还在家里无所事事,每天不给我闯祸就阿弥陀佛啦!"

梁:"现在总在想要不要让他考研。我始终觉得学历是敲门砖,能取得高一级的学位肯定能站在更高的平台上。他很懂事,怕给我们增加负担,每次都说不打算考研,要尽快出来工作……唉!"

(医生批注:该患者虽然工作较忙,但家庭和睦,儿子争气,评估分数相当不错。但近年来表现为犹豫多疑,患得患失,特别是儿子上大学后尤为明显。这类人群一辈子踏实勤恳,总想创造良好的条件让子女成龙成凤,可一旦儿女突然离开身边,会因一时失去奋斗方向而感到迷茫。)

罗:"每次听梁先生说这么多,其实你发现没有,你总围绕着儿子的成长、学习以及今后的就业在讨论。"

梁:"啊,对!是的,好像是这么回事儿。"

罗:"为什么呢?"

梁:"我希望他能好吧!希望他不要像我这样……"

罗:"梁先生觉得在银行工作很差劲吗?"

梁:"也不是,只是怕他会走弯路。"

罗:"可你想过没有,希望子女好,让他们少走弯路绝对无可厚非,但每个人都是独立个体,万一你无法改变什么,而他也有自己想要的人生呢?"

梁:(沉默)

罗:"您的儿子已经成年,二十来岁已经不是小孩子了,有着自己的想法,想想您当年二十来岁时,又是怎样的呢?"

梁:(沉默)

(医生批注:梁果在听到"二十来岁"这几个字眼时会变

得敏感警惕，似乎当年那段往事才是他来诊所的真实原因。）

罗："其实子女都有他们自己的想法和追求，我们的安排未必都是最好的。换句话说，当事人都活得如此潇洒从容，我们这些半百之人反倒还看不透，总操着多余的心。"

梁："确实是这样……"

罗："所以我觉得，梁先生与其总围绕儿子，倒不如照照镜子，多看看自己，是否有心结没有打开？"

梁：（沉默）

罗："我留意了下，梁先生对自己年少时期总在逃避，每次都在避讳这一部分内容。"

梁：（沉默）

罗："来吧，今天咱们就来聊一聊那段时光。我没记错应该是梁先生二十岁左右，参军前吧！"

梁：（沉默）

罗："没关系的，既来之，则安之。来到这里，我就是你的朋友，今天的对话也不会有任何人知道。现在，我只是一个倾听你故事的听众，出了这道门，一切都将重新开始！"

梁："我曾经做过一件无法挽回的错事……"

罗："没关系的，除了生与死，一切都是小事。就是违法犯罪，现在也过了追诉时效。但你要说出来，倾诉出来，得靠自己去完成曾经的救赎。"

梁：（沉默）

罗："没关系，慢慢来，我就在你身边。"

梁："二十多年了，那时我还是愣头青一个……"

罗："哈哈，那时谁不是愣头青，干了不少蠢事吧！"

梁:"有天我手头紧,又想干点儿'老本行',就是想偷点东西变卖后挥霍一下。当时我到处转悠,跑进了一个小区,是我们市的,看看哪家好下手。"

(医生批注:当事人目光变得锐利起来,这是一种意识被唤醒的表现。)

梁:"当时,有家人也是……倒霉,被我选上了。我敲了半天门才发现门没有掩实,就推开猫了进去。里面光线非常微弱,几乎是伸手不见五指的那种漆黑。好不容易,我适应了黑暗,开始观察整个屋子。房间的装饰十分简单,可以说家徒四壁吧!我看见了茶几上有一块手表,心想这回捞着了……"

(医生批注:患者情绪开始波动。)

梁:"这时,我突然听到了婴孩的啼哭声。我朝哭声来源一看,竟看到一个女人。那个婴孩就抱在她怀里。而那个女人正坐在墙角暗处,死死盯着我!是的,她看见了我,我永远也忘不了当时那个眼神。然后,那个女人不知道是在对我说还是自言自语……什么今天回来得好早,总算回来这么早了,等了我好久。当时我简直吓傻了……当时我很紧张……背后汗水都渗了出来。"

(医生批注:患者情绪波动加剧。)

梁:"突然,她发现了我,开始大喊大叫。我害怕急了,赶紧冲过去想捂她的嘴。那个女的啊!为什么……为什么……当时就抱着怀里的孩子朝阳台下面跳,可能以为我要伤害她吧!太突然了……啊……一切都太突然了……"

(医生批注:患者双手抱头,情绪失控,导致治疗中断。)

"嗯……有点儿意思！"身着印花睡衣的唐弦刚将手中的一沓打印文件放下，又再次拿起翻看，显得意犹未尽，"整场悲剧虽看似意外，但梁果负有不可推脱的责任。从诊疗记录中可以看出，他当年的行为本来只构成盗窃罪，可偏偏在被发现后非但没跑，反而存在控制被害人的意图和行为，这是典型由盗窃罪转化为抢劫罪的情形。同时，被害人怀抱女儿跳楼也明显与他企图实施控制的行为存在因果联系。所以，梁果不仅将承担抢劫罪罪名，且致人死亡，具有从重处罚情节，最高可以判死刑！"

"所以梁果，他是有罪的！"

不同于唐弦的冷静分析，案件的重大转机让陈沐洋昨晚几乎未能入眠。早上，他的脸色有些凝重，眼角浮现的血丝却带着莫名的亢奋。

"方雾妻子于二十多年前坠楼身亡，起初警方判定为自杀。想必后来在某种机缘下，他得知妻子可能是被人加害，而真凶极有可能是梁果。于是他佯装病人，不断造访梁果所在的心理诊所，伺机找出真相……可惜啊可惜……"唐弦摇了摇头，呼之欲出的几个字让陈沐洋全然会意，两人同时脱口而出。

"追诉时效！"

声音在房间中响彻震荡，这四个字的深意也慢慢穿透了二人的思想。

陈沐洋接过话茬儿："根据我国刑事诉讼法，犯罪已过追诉时效期限的……不予追究刑事责任。"

"是的，无论一个人触犯了什么法律，追诉时效期限至多二十年。也就是说，今天的梁果对当年的罪行已不用承担任何刑事责任。"唐弦对陈沐洋的观点表示肯定，"从公安联网记录也能得知，受限于当时的刑侦条件，方雾的妻子已被定性为自杀，自然没有立案。所以,梁果这二十年,既没有故意逃避公安机关侦查,案子又过了追诉时效,完全适用不追究刑事责任的情形。"

"难道梁果就完全清白了吗?"虽然知道多此一问,可陈沐洋仍旧有些不甘,"就没有其他办法来伸张正义了吗?"

"看你如何理解'清白'二字,但从程序上讲,梁果在五年前就已经'清白'!"

"可是,方雾为什么不尝试……"

"报警吗?没有任何物证,让警方对一桩二十多年前发生的意外重新立案吗?或是向最高院提出申请,继续追诉?抱歉,据我所知,最高检至今还没出现过超期继续追诉的案例。"唐弦摇了摇头,表示无奈,"方雾比我更清楚,这些根本就没有尝试的必要。二十年后梁果能重获'清白',这就是程序正义!"

整整一宿,陈沐洋辗转反侧。虽清楚方雾几乎失去了为妻女洗刷冤屈的渠道,但唐弦的言论,让他胃里有如沉了个铅块,如何也不能接受。

"你尚且如此,方雾或许只会更绝望吧!他清楚梁果就是'清白'的。可作为丈夫和父亲,他却渴望将这个'清白'之人碎尸万段吧!"说到这里的唐弦不合时宜地啧啧起来,显得饶有兴致,"不仅不能通过法律去制裁真凶,而且保护梁果恰恰是他一生的信仰……这是我从检以来听过的最悲惨的事儿。"

"那一切就清晰了。"陈沐洋彻底放弃了对其他可能性的幻想,缓缓垂下眼睑,沉吟不语。片刻,刚耷拉下的眼皮猛地一抬,脸颊不住抽搐,给出了结论,"因为法律无法制裁梁果,所以他选择了靠自己复仇……"

"没错,就是我们常说的法外制裁。"

"如果是你,将怎么办?"

"啊？什么？"

这个没来由的问题令唐弦一时没跟得上思路，不禁疑惑地望向陈沐洋。

话音间，陈沐洋已来到阳台。只见他此时背对着唐弦，手肘撑住栏杆，抬头向外远眺。清晨的第一缕阳光将他的面庞映得通红，他酝酿许久，重新组织语言。

"换作是你，会站在哪一边？法律，还是丈夫，父亲？若你是方雾，是坚持信仰还是法外复仇？"

"我……不知道！选不出来，这道题根本没有正确答案。"唐弦照实回答，"怎么选都是错的！"

"所以他还是选择了复仇……"陈沐洋喃喃自语，"也是错的！"

"任何理由，都不能成为犯罪的借口！"唐弦就实回答，"这是你的原话！违法不分善恶，既然梁果已经'清白'，那方雾就是错的！"

"错的……错的。"陈沐洋喃喃自语，"既然他选择了一条错误的道路，无论他是谁，动机多么合理，都将为此付出代价。"

"拘捕他吗？不过，你还是没有证据。"

"这些的确算不上证据，但梁果在心理诊所的档案足以坐实方雾的动机！"陈沐洋争辩道。

"第一，那是罗远光单方面的转述；第二，转述的内容发生在二十五年前。凭这两点连梁果当年是否有罪都无法认定，方雾的动机又何从谈起？"

"若梁果选择主动认罪呢？"陈沐洋有些急躁。

"就算他亲口承认，也只能佐证一部分事实，梁果的自述中可没有对时间、地点和被害人进行描述，谁又能证明他害死的那两人就一定是方雾的妻女？"

"方雾妻女不正是死于——"话已来到嘴边，陈沐洋却察觉到了问题的关键。

唐弦点了点头："忘了吗？在你们公安系统的记录上，石小婉的死因写得清清楚楚——自杀！"

"可那明明是一起错案，我想应该能……"陈沐洋仍想挣扎，可与唐弦四目相接时，还是放弃了这个不切实际的念头。

"一件已过追诉时效的案件，加之没有任何证据。若要'翻案'，当年的相关责任人就得站出来承担失职责任。"唐弦摇了摇头，"就凭刚才那些推测，能说服你的上司吗？"

坐实方雾的动机，势必得还原当年的真相。这一刻，陈沐洋仿佛听懂了连日来方雾在字里行间的"诉求"，或许绑架梁钰晨的真正目的，正是将自己慢慢引到这条路上，帮助他重新指认梁果曾经的罪行。不过陈沐洋清楚，当年的线索早已消匿殆尽，妄图"翻案"简直痴人说梦。

"对啊，只凭这些，连梁果二十五年前是否犯罪都证明不了。"陈沐洋轻声喃喃，苦笑不断，"我猜正因如此，方老师才不得不走上了这样一条路吧！"

几乎又是一夜未眠。

梁果的双眼爬满血丝，死死盯住警方一早送来的鉴定报告。

"很遗憾，根据 DNA 鉴定比对，血迹确实是梁钰晨的。"

一旁的刑警小心递来报告，视线低垂，一脸抱歉。

"不过好消息是血迹经鉴定非喷溅状，降低了梁钰晨受到重创的可能性……"

还未等刑警说完，梁果就将鉴定报告揉成一团，又用力攥了两下，丢进了垃圾桶。这让身旁的刑警不解地瞪大了眼睛。

梁果轻轻回头望向卧室，昨天哭成泪人的妻子最终还是瘫倒在床，昏睡过去。这时，什么都别知道显然是最好的。

一切都是报应。

曾经的自己年少无知，一个女子和怀中的婴儿就那样在他眼前陨落。事发之后，他发疯一般逃回家里，却察觉裤兜里有种异样的触感。拿出一看，居然是那块放在茶几上的手表。梁果盯着这件不祥之物，惶恐不安，仿佛它正控诉自己犯下的罪行。

腕表估计是无意中顺进兜里的。他想赶紧丢掉，却又怕被人发现，更不敢卖掉。在侦探剧中，任何蛛丝马迹都会被那些神探慢慢抽丝剥茧。担心事情败露的他只有将这件东西藏在家中。

不敢看报纸、不敢打听，更不敢出门，连阳光照射在身上都是一种煎熬。他瑟瑟发抖，恨不得拉上窗帘，将灯全部关掉，缩成一团，钻进最阴暗的角落。饶是如此，他仍预感会有一双冰冷的手铐将自己绳之以法。

这样人不人鬼不鬼的日子持续了一个多月。梁果慢慢试着平复心情，尝试着走出门，到街上去。在阳光的炙烤下，他几乎要融化。他四处张望，眼前车水马龙，路人行色匆匆，这个世界仍在有条不紊地运行。他活了下来，没有人抓他，没有人喊打。

他再没干过偷鸡摸狗的勾当，选择参了军。沙场练兵，保家卫国，别人觉得无上骄傲与光荣，他却觉得是一种对社会的补偿。有次射击训练中，一枚子弹从他耳边呼啸擦过，打中了身后的围墙，至今他都不知道是谁干的。他想，或许这是神明的警告，若不洗心革面，下次子弹将不偏不倚。

退伍转业后，梁果进入了国有银行工作，从事柜面收付现金业务。每天工作单调，十分枯燥，他却认为这是种莫大的恩赐，恨不得平凡地过完一辈子。

梁果决心与曾经划清界限，重新开始人生。

工作后他认识了现在的妻子孙澜，他们一见钟情，很快步入了婚姻殿堂。梁果感谢神明给了他再一次做人的机会。他认真工作，将所有工资都交给妻子保管，努力经营着家庭。时光匆匆，他逐渐走出了曾经的阴影。

很快，孙澜为他生了个儿子。看到怀抱小宝贝的妻子，本来沉浸在幸福中的梁果却感到了背后的一丝凉意，似乎这个画面触碰到了某个瞬间……那个瞬间本已十分模糊，甚至有时候，他认为那天根本就没发生什么，或许一切只是幻觉。

不过生活的车轮无法阻挡，有了孩子的梁果忙得不可开交，生活工作的双重压力让他将一切深深埋在了心底。他想做家中的顶梁柱，通过自己的努力，成为一名客户经理。虽然鉴于非正式编制的身份，大多只是帮老板跑腿挡酒，但这对只有初中文化的他来说实属不易。儿子一天天长大，也十分争气，知道父亲在外打拼不易，努力考上了本市的重点大学。

儿子上大学后，留下了家中两位"空巢老人"。卸下重担的梁果一时还不习惯这样的自在轻松，除了应酬加班都尽量早早回家，陪妻子看看电视，说说话。

一天，他在回家路上偶然撞见一名女子推着婴儿车从小区门口经过，顿时脸色煞白。回到家中妻子不解，忙着追问是不是不舒服，梁果不断搪塞，后背冷汗涔涔，打湿一片。

梁果当时看到的女人，像极了当年那个殒命的女子。那天的一切仍历历在目。他这才意识到当年那件事不是幻想，是真实的。他原本尝试加大工作强度，以超负荷运转来逃避一切，可发现都是徒劳。但凡有丝毫放松，那画面就会从潜意识中悄悄爬出，在眼前不断重现。

"老公，你最近消瘦得好厉害，是不是生病了？"

某天周末，家中的妻子忽然打量起自己，担忧地问道。

"没有啊，还好吧！"梁果止在拖地，面对妻子突如其来的关心有些手足无措，继续低头将拖把在地板上来回移动。

"真的没事吗？如果有事情你可以告诉我，我们一起想办法。你是不是有什么瞒着我？"

"都说了没事儿！"梁果试图通过提高音调来掩饰，"我能有什么事儿？"

"你不要骗我！上次问也是这样，这段时间你总一个人偷偷摸摸魂不守舍，一定有事儿瞒着我！"孙澜也不甘示弱，诘问起来，"你是不是在外面有人了？"

孙澜这般无端的猜测，反倒让梁果松了口气。在他看来，只要不触及曾经那段经历，怎样怀疑都无所谓。

"哪有这种事？都一把年纪了，还能在外面有什么人？"

在梁果的不断解释下，孙澜才平复心情。平时丈夫工作本来就忙，闲时都在家中陪自己，况且所有工资也都由她保管，哪有闲钱在外面乱来？想到这里，孙澜脸色缓和了不少。

"可最近真的发现你憔悴了好多，晚上都起夜好多次，我其实知道，你都一个人在阳台抽烟。"

"我……最近睡眠一直不好，这不是怕影响你休息才没告诉你嘛。"

"失眠了吗？工作上的事吗？"

"我也不知道，总是……"梁果将拖把放到一边，双手不断按压额头两侧颤动的太阳穴。他也觉得自己有些神经衰弱了。

"要不要去医院检查一下？"

"不用不用，可能是更年期吧！我能自己调整。"

"要不要找个好点的地方推拿一下，这样下去可不行。"

"真的不用了！"梁果走到了妻子跟前，将她的手小心拾起握在手中，"只要你和儿子能平平安安就行，你们母子俩就是我最大的幸福。我没事儿的！"

"我们一家都要平平安安！"孙澜强调着。言毕，她又想到了什么，"对了，这个星期还没给儿子打电话，我得问问他上周给带去的核桃好不好吃，我再买点儿。"想到儿子的孙澜连忙将抹布放下，迅速在围裙上蹭干双手，一屁股陷进了沙发。她拿起了茶几上的座机听筒，食指指腹刚要在号码键上压下，又喃喃自语："现在好像才两点钟，他可能还在休息吧！儿子一天学习压力这么大，不能打扰他呢！不过……按道理也该起了吧……这个小懒虫！"

妻子总算转移了注意力，梁果松了一口气，但心中的那块石头依旧悬着。

日子继续一天天过去，这样的状况不仅没好转，反而变本加厉。朦胧中，那眼神越来越清楚，就像随时在背后瞪着他。当时女人嘴里念叨的那几句话也愈发清晰，仿佛就在耳畔边徘徊。每当夜深人静，他总感到背脊发凉、浑身战栗，恐惧无以名状。冥冥中，仿佛有根绞索，从自己头顶悄然垂下，早已将脖颈套住，慢慢收紧。

梁果快要崩溃了。他渴望倾诉，对象却不能是家人。决不能让妻子发现一起生活了二十多年的丈夫原来是罪犯，更不能让学法律的儿子知道父亲是个有罪之人。他查过相关法条，二十年后追诉时效即已过期。纵使如此，折磨有增无减，他仍深陷罪恶的渊薮。生活越幸福,他越感到罪无可恕。一切幸福都是建立在他人的痛苦之上,二十多年前,另一个家庭早已支离破碎……

最终,梁果来到一家心理诊所。是将一切倾诉出来,还是通过治疗使自己释然,他一点儿都不确定。可他知道再这样下去,自己早晚会垮掉。

平易近人,和蔼可亲,这是罗远光给他的第一印象。梁果觉得面前的医生是一位值得信赖的朋友。在医生的引导下,他吐出了所有,将所有的不安、恐惧、内疚全部倾倒了出来。这种感觉似曾相识,他等了好久。以前为了业务发展,总在觥筹交错的饭局上被客户猛灌黄汤,回家后一个人在厕所中呕得死去活来。就是这种感觉,倾吐这些秘密,如同将积压在体内的毒素悉数"呕"了出来。他释然了,也不再在乎这个秘密是否被别人发现。与其偷偷摸摸,惶然度日,不如坦荡接受。他后悔这一天没有早些到来。

好景不长,得知儿子被绑架那晚,他知道报应还是来了,神明始终在头上三尺。但他始终想不通,犯了错的明明是自己,为何无辜的儿子却成了神明施罚的牺牲品。

梁钰晨就是一切,比自己的命还珍贵,是他二十年来最大的幸福和人生动力。在他的努力培育下,儿子将拥有美好的前程和幸福的人生。而现在……如同一件亲手雕琢的精美玉器,随时可能被人用钝物击碎,面对散落一地的碎片,他如何能够接受?

自己尚且如此,何况孙澜呢?有些事他不敢想却盘算得比谁都多。想到这里,梁果缓缓抬头,忙碌的警方和满屋的狼藉再次映入眼帘。他拨弄着乱蓬蓬的头发,瞳仁浑浊不堪。

一间宽敞的录像棚内,略施粉黛的肖依婷将长发高高盘起,一身职业装显得干练大方,与平日家中那个小鸟依人的形象迥然不同,她的身材凹凸有致,将一身西装搭出了另一番味道。

她站在舞台中央面向观众,在灯光簇拥下进行节目录制,身后的"法制在线"四个大字尤为醒目。

"今天故事的主人公名叫威廉·密里根。又被称为比利·米利根,一九五五年生于迈阿密。他于一九七七年因在俄亥俄州立大学犯下三宗强奸罪被警方逮捕。在审讯过程中,比利被诊断为罕见的多重人格分裂症,他也因此被判无罪,案件在同期受到了高度关注。他的故事甚至被改编成小说,拍成电影。因为这是美国历史上唯一因多重人格免除刑罚的重罪犯。"

肖依婷说到这里,转身示意大家看大屏幕。一张张犯罪现场的老照片被投影到了那里。她随着画面继续讲解:"一九七五年,比利因持械抢劫在俄亥俄州的黎巴嫩监狱服刑,于一九七七年年初假释出狱。然而同年十月,他因涉嫌在俄亥俄州立大学强奸并抢劫了三名妇女而被拘捕。警方在比利住处搜到了枪支,在被害人的车上也找到了他的指纹,并且其中一名被害人在警局当场就对他进行了指认。"

屏幕上的画面切换到了庭审现场,舞台的灯光也冷了一个色调,烘托出了一股肃穆的氛围。台下的观众目不转睛,关注着案情发展。

"人证物证俱在,可谓铁案如山。加上比利又是个假释犯人,检方决定起诉他犯有三项抢劫罪、三项绑架罪和四项强奸罪。但就在这时,比利接受了一个心理测试评估,这份评估结果认为比利患有精神分裂症。

"案情发生了新的转机,检方不敢怠慢。又让他接受了来自当地健康中心精神病专家的进一步心理评估，这次评估结果显示比利患有多重人格症。在后来的法庭辩护中，辩方律师以犯罪时比利神志不清，不能控制自己为理由进行辩护，并请四名精神病医生和一名心理学家上庭为比利做证。法庭最终裁定比利无罪，但必须接受强制精神疾病治疗。

"比利后来被辗转送到了一系列州立精神病院接受治疗，但这些医院纷纷表示他所患的疾病前所未见。经专业机构和医生的反复评估，最终比利的人格达二十四种之多！"

台下发出了一阵难以置信的惊叹。

"多重人格障碍属于心理疾病的一种，患者特点为具有超过一种的人格存在。就有如在一个身体里住着好几个灵魂，轮流控制一个人的思维、意识和行为……"肖依婷继续为大家做着讲解，"在临床表现中，多重人格的各个亚人格都是独立的，一种人格出现，其他人格就会自动退场。任何时候，都只有一种人格占优势，该人的行为也就由占优势的人格控制。但究竟由何种人格来支配，完全遵循'哪种人格最适应当时的环境和需要，就启动和出现哪种人格'的原则。这实际上即为一种'适者生存法则'在心理学中的翻版。比如，会用比较自信的人格去应对具有竞争性的环境；用脆弱、神经衰弱的人格去赢得同情，获取依赖，诸如此类……"

"那么我们接着来看一下，比利具体的人格都有哪些？"

伴随肖依婷的示意，导播迅速将一排排字幕切进屏幕滚动播放。

1. 威廉·斯坦利·米利根（William Stanley Milligan），26 岁

最初的核心人格，后来被称为"分裂的比利"或"比

利"。高中时被勒令退学。身高6英尺,体重190磅,蓝眼睛,棕色头发。

......

8. 克丽丝汀(Christene),3岁

经常被老师叫到角落罚站,因此被称为"角落里的孩子"。是个英国小女孩,聪明,但患有失读症。喜欢画花和蝴蝶。金发及肩,蓝眼睛。

......

15. 塞缪尔(Samuel),18岁

流浪的犹太人。他是个虔诚的犹太教徒,是所有人格中唯一相信神明的人。雕刻家,特别擅长木雕。黑卷发、山羊胡、褐色眼睛。

......

24. "老师"(The Teacher),26岁

他是23种人格的融合体,为其他人格传授知识。聪明、敏感、颇具幽默感。自称"我是完整融合的比利",称其他人格为"我创造的傀儡"。对往事拥有近乎完整的记忆。

随着一个个人格的出现说明,台下的观众交头接耳,议论纷纷,肖依婷则继续奔着主题。

"《24个比利》就是由美国作家丹尼尔·凯斯创作的长篇小说,是根据本案延伸出的纪实类作品。书中剖析了比利患多重人格症的诸多原因。"肖依婷讲到这里,话锋一转,引出了今天的重头戏,"同时,国内,许多医疗和司法领域的专家也对该类问题进行了深入研究。今天,我们很高兴请到了国内犯罪心理学权威——齐敏江教授。他将在本次节目中针对多重人格在司法实践

中的相关问题进行讲解。有请齐教授！"

在掌声与追光灯的簇拥下，一名矮胖的中年男子缓缓从舞台一侧步入。虽然仍保持着微笑，但颇有经验的肖依婷知道，这时镜头已经切换到了本次出场的嘉宾身上。

她轻轻呼出了一口气，放松工作时紧绷的神经。因为涉及法制类题材，每次做访谈节目，她总不可避免联想到陈沐洋的工作近况。今天她心里更是七上八下。

这几天陈沐洋天天早出晚归，特别是昨天回来时，整个人心事重重，就没怎么睡好觉。今天刚过拂晓，他连早餐都没来得及吃就匆匆出了门。

灯光又重新聚焦到了舞台中央，肖依婷眼睛再次放出光芒，招呼着来宾坐下。款款落座的她又恢复工作状态，但那个问题，仍旧横亘在心中。

绑架案的侦查，还顺利吗？

## 第八章

  分离性身份识别障碍，过去也被称为多重人格障碍，是指患者的身体和大脑里，存在超过一个的人格。这些人格轮流控制患者的行为，当某个人格处于活跃状态的时候，其余的人格是没有意识的。

——雷钧《黄》

  天空蔚蓝澄澈，下课后的方雾抱着教案，步履匆匆，瞳孔依旧不带任何神采。

  妻女死后，本就沉默寡言的他几乎将自己与世界隔绝开来。漫长岁月中，方雾仿佛被这个世界遗忘，宛如一根光秃秃的树干，被剥掉了所有精神的枝叶。

  如果不是法学，或许他会一直沉寂下去。浩如烟海的文献著作在他人看来晦涩无趣，他却觉得隽妙无比，因此他继续将心血倾注在法学事业中。随着岁月的推移，他早已将"法"奉若神明，视为信仰。确切一点讲，除了法学，他已找不到存在的意义。除了法学，任何事情都是在虚掷光阴。他恨不得不吃饭不睡觉，压榨出每分每秒投身其中。

  如果可能，他想辞去所有的行政职务，只做一名普通教师。

毕竟人的时间有限，他已经最大限度地将精力用在教学钻研上，可学校的琐碎杂事源源不断，剥夺了太多时间，让他越发觉得力不从心。

方才，某名学生私下表达了对辛普森审判的看法，并认为检方过于纠结审判上的程序，才导致辛普森逍遥法外，相较程序正义，法庭应向实体正义更多倾斜。

那名学生刚上大一，言语中的观点虽显稚嫩，却让方雾再一次感到忧虑。司法纯靠理性，不代入半点儿情感，早年国内正因为没有足够重视程序上的规范，导致部分地方机关盲目追求破案率，诸如违规取证、严刑拷打等手段时有发生，不仅侵害了嫌疑人的合法权益，甚至还造成了许多冤假错案。今时不同往昔，若打着正义的旗号"赶尽杀绝"，势必会有部分司法工作者滥用国家与人民赋予的生杀大权，轻则侵犯公民的合法权利，重则滥杀无辜，造成司法体制的混乱。

纸面上的道理浅显易懂，他却不得不重新思考：关于实体正义与程序正义的问题，是否这样的观点才是大部分学生内心真实的看法呢？

人毕竟是感性动物，对于是非曲直的评判往往受制于自身的阅历及素养，任何人都无法做到绝对客观。打开各大新闻网站，关于社会的敏感话题，评论区总少不了互相争辩甚至引发骂战的场面。有些看法不仅与既定事实存在千差万别，更有甚者通过曲解事实，以满足自身对事件的期待走向。由此可见，人人心中都有一杆秤，对于罪犯的惩罚，对于正义的伸张，每个人的看法都有差别。如果不遵循程序，法律将难以客观，在实践中寸步难行。

长时间来，方雾对法学每一个知识点的精心雕琢，都是希望一切不只停留于表面，而是深入学生的心中被认同。如果只为了应付考试，一切将毫无意义。他不希望将教学变成工厂流水线，但凡遇到问题都去死记硬背套公式，那人只会变成没有思想的齿轮。况且本专业学生都无法认同的东西，又如何能让普通民众认可呢？

每当念及此处，方雾不免感到肩上压力陡增。

不觉间，方雾已行至迎宾大道，他又一次抬眼望向了沿途左侧那一排行道树，尝试着转换心情。

蓝花楹还未到花期，显得有些萧条，每次都会出现在方雾的必经之路上。几十年来他机械地走着固定的路线，早已习惯了这样的不期而遇。不过今年，他却渴望花期能够提早一些到来……

蓝花楹向来都是春末五月初才会陆续绽放，四月恐怕连影子都不会看到。

等一下，这是？

方雾停住了脚步。

花开了！

方雾视线中，所有蓝花尽数开放，大片大片的淡蓝色向四周蔓延，犹如每年五六月时的盛景。眼前一片片蓝色火焰正不断燃烧，在火舌的恣意舔舐下，仿佛连晴空也变得更加深邃。

他不敢相信自己的眼睛，但视线却迅速聚焦，朝着左起第三排的那棵树下投去了期待的目光。就在一刹那，一位身穿白色碎花裙的少女，仿佛正亭亭玉立在那棵树下，拨弄着长发。

清风徐徐吹过，密密麻麻的蓝花楹枝叶来回摇曳得沙沙作响，也摇曳着昔日的时光。

宁静、深远、忧郁，在绝望中等待爱情。

方雾知道，一切只是存于脑海的幻象。即便如此，他仍感到满足，朝那个方向徐徐走去。短短数十米，方雾走得小心翼翼。他唯恐打破来之不易的假象，怕一切突然消失。

方雾的身躯已渐渐被蓝花笼罩，周身耀动着斑斓的色彩，宛如一层蓝色屏障，将外界的纷扰隔绝开来。花瓣在风的作用下，于空中漫天飞舞，划出优雅的弧线，将他的瞳孔填满了色彩。

方雾已欺近少女身后，他能看到她的长发被微风轻轻带起，能嗅到裹挟在空气中的芬芳，能感受到她脖颈肌肤因呼吸而翕动的毛孔。

三十年了，一切仍镌刻在脑海，从未离去。

方雾将双手不断抬起，又数次放下，似乎不忍戳破这个美好的泡沫。

小婉……是你吗？

他凝神闭气，还是用力将手抬起，朝那个方向伸去，企图打破时空的阻隔。

"方老师！"

一阵刺耳的声音从背后响起。

"方老师，您这是……"陈沐洋满脸狐疑，望着方雾。

相较往日，今天的他夹杂着一份难掩的失落，散发出一丝不曾有过的烟火气。

以两个包裹始发地为圆心，警方开始对周边进行大范围排查。这是最费时费力的一项工作，也最容易暴露警方行踪。可在目前毫无线索的情况下，这是唯一的办法。调查重点主要为老旧居民楼及废弃房屋。为掩人耳目，排查时刑警均以查找通缉要犯为由对周边居民进行询问。学校附近，也有便衣刑警四处走访。

小卖部、旅社、餐饮娱乐……各处地点巨细靡遗。

不同于外面的天翻地覆，在学校的咖啡书吧，舒缓的音乐在空气中慵懒飘散，仿佛隔绝了世俗的喧嚣。下午，这里没有多少人。寒门贵子向来都在图书馆用功苦读，出现在这里的多半为讲究情调的恋人。

暖色调灯光通过棕色墙纸的反射，在陈沐洋脸庞上呈现出厚重的咖啡色。他屏息而坐，面对着本次风暴的暴风眼。面前这个人，是熟悉不过的恩师、法学界的泰斗，也是绑架案嫌疑人。

方雾眼角的皱纹更深了，头顶上的光线倾泻而下，再次加深了那里的阴影。

一曲结束，另外一首曲子又娓娓拉开了演奏序幕。这是奥地利音乐家舒伯特的《降E大调第二号钢琴三重奏》。柔美的旋律宛如溪水般潺潺流出，再次将室内蒙上一层优雅的意境。

"法律就是神明，是任何人都不能打破的秩序，否则必然受到惩罚。"陈沐洋打了好几篇腹稿，最终开口，"方老师是这样说的吗？"

"是的。"方雾嘴唇微张，"怎么？今天想讨论这个？"

"当然不是。不过那天，我对老师的理论特别感兴趣，自己愚钝不甚明白。"

"那只是我个人粗浅的理解，你听听就好。"

"神明是否无法面面俱到，也存在死角呢？"

方雾的眼神冰冷。"身为刑警，你以为呢？"

"会不会有人既打破了神明的规则，却又逃过了惩罚呢？"陈沐洋收紧了眼角的弧度。

方雾坐在沙发上，将桌上的咖啡杯子端起啜饮。

"这个观点挺有趣的。"

陈沐洋知道这些话根本无法触动他，索性换了一种提问方式。

"假如……某人犯了罪，却过了追诉时效。他是不是就真的无罪了？"

方雾轻轻起伏的喉结停住了。这句话，犹如一把锋利的刀刃，切入了肌肤的纹理之中。他的眼角略微抽搐，但嘴角仍保持笔直。

"是的。"方雾开口，仍然释放着沉稳的声线，不带丝毫波动，"这是刑事诉讼法规定的不予追究责任的六种情形之一。除此之外，还有另外几种：情节显著轻微、危害不大根据刑法不认定为犯罪的、犯罪嫌疑人——"

"如果那个人犯了杀人罪呢？"陈沐洋尝试打断方雾，同时双手交叉置于膝盖之间，身体朝他倾斜过去，"他害死了别人的妻女，破坏了一个家庭的幸福！"

看得出方雾在努力保持镇定，但戴着戒指的左手早已紧紧握拳，被他使劲摁在大腿外侧。

"不管犯什么罪，按照法律的确不予追究刑事责任。"

"好，纵使法律上不予追究。但就这样饶过他，是不是有些不公呢？"

"法律对每一个人都是公平的，无一例外。"方雾的内心开始翻搅，但仍在苦苦坚持，语气缓慢，"法律不保护权利上的沉睡者。追诉时效过期……"

"也就是说，这样的人就不会受到其他惩罚了？"陈沐洋再次打断对方，语气开始咄咄逼人，不给方雾任何喘息的机会。这是他今天的目的，尝试打破这个男人的屏障，透过那黯淡的瞳孔，捕捉那缕深处的光。

方雾脸色铁青，没有再开口，紧闭的双唇发出微微颤抖。

可能连他也知道,一旦开口,内心的波涛狂澜将不受控制,喷薄而出。

陈沐洋再次加重语气。"凶手害死了那个人的妻女,法律制裁不了他,他仍逍遥法外……"

"不!"

方雾倏地扬起下巴,眼光旋即产生变化,由麻木转为凌厉,语气也变得生硬。一切反应似乎来源于体内另外一个灵魂。

"神明不会饶恕任何人!凶手一定会被惩罚,只要他犯了罪!每个人都会得到应有的制裁!"

方雾语调的转变,令陈沐洋不禁一怔,但他知道对方的心理屏障此时正被撕开一道裂缝。面对这个千载难逢的破绽,他迅速反应,由守转攻。

"制裁?法外制裁吗?"

方雾第一次避开了陈沐洋的目光,默不作声,空气中只有悠扬的演奏音乐声。

"这样的制裁还算正义吗?你……某人如果通过法外制裁,他不也变成杀人凶手了吗?"陈沐洋言辞恳切,希望改变什么,"这是方老师的原话。这个人一旦被仇恨蒙蔽双眼,铸成大错,也会受到惩罚。你愿意眼睁睁看着这个人,变成杀人凶手,被你自己的神明——法律审判吗?"

方雾顿了顿,脸庞犹如波纹散去的水面,不带一丝情感。"法外的复仇,当然不是正义,必将受到制裁。"

终于承认复仇了么,真相已呼之欲出,陈沐洋却踌躇不前,似乎不愿接受这个答案。

"这么多年过去了,这个人的仇恨可以试着放下吗?"陈沐洋端视着方雾,一改先前强硬的语气,带着劝说的口吻,"事情已经过去了二十五年,当年所有证据已经湮灭,请恕学生无能,短时间内恐怕……而且警方现在已掌握了犯罪嫌疑人与家属通话的声纹,技侦人员还原声纹并揪出真凶只是时间上的事,若能赶在声纹恢复前投案自首,或许能争取到宽大……"

"你有妻子和孩子吗?"方雾话锋一转,凝视着陈沐洋,眼神带着一丝诡谲。

"我……我有妻子,我……"

"你没有体验过这样的痛苦。没有亲身经历,永远无法体会其中的绝望。当有一天你的妻子和孩子惨遭毒手,才明白原谅这个词有多么苍白!"

这一次,轮到了陈沐洋沉默。

今天这场对峙,他本准备了一万个可以反驳方雾的观点。但面对此时的反诘,他却哑口无言。比起二十多年来承受的折磨,纸面上的道理终究显得无力。

但另一方面,方雾今天的反应进一步证实了陈沐洋先前的猜测。结论已非常明显,为此他没有感到丝毫兴奋。相反,直至此刻他才发现,这是他最不愿接受的结果。深深的空虚与无助在胸腔内积聚扩散,蔓延全身,瞬间将他从道德制高点上使劲拽下,重重摔在地上。起身后怆然失措,刚想开口,却半张着嘴巴不知从何说起。

"这还是我认识的那个方雾老师吗?"良久,陈沐洋声音中透着无奈与苦楚,"告诉我,方老师不会做这样的事,一切都是我无端的猜测,是我错了,告诉我!"

方雾神色闪过一丝凄凉,声线略带嘶哑。

"方老师也想放下。这样下去只会将自己逼上绝路。可我控制不了仇恨,失去家人,复仇将是唯一的选择。"

陈沐洋懂方雾每句话背后的深意。二十多年来的折磨与得知真相后的无奈。复仇即违背信仰，原谅凶手更愧对妻女。彷徨于天平的两端，谁又能选出正确的答案？

陈沐洋再次深陷矛盾，既不期待方雾复仇成功，也不希望他被警方抓住——哪怕这是迟早的事儿。

"我明白……这个人若坚持信仰，将对不起妻女，不顾一切复仇，又会违背一生的原则底线。这道单选题，学生怎样看都是一个无解的悖论，完全没有解题思路。请问方老师，您真的做好选择了吗？又将如何解答？"

咖啡厅中的曲调转向激昂高亢，方雾合拢双眼，收回了所有情绪，似乎开始欣赏起这段激荡人心的旋律。他嘴唇微微上扬，又再次松弛，扭动着脖子，深深呼气。直到旋律变得轻柔，来到尾声，才缓缓开口。

"这道题，方雾也没有正确选项。神明自会有他的答案。"

言毕，他的眼眸波澜不惊，平静如初。深不可测的那缕光似乎没有任何动摇。


花园洋房的阳台上，唐弦穿着一身异域风情的睡衣，悠闲地躺靠在一张逍遥椅上。他戴着墨镜，端着一杯威士忌朝楼下经过的女生打招呼，仿佛正置身海滩，悠闲度假。此刻太阳已经西坠，晚霞将他周身映得通红。

"Hello！美女上来喝杯酒吗？"

"有病啊！"楼下传来了一名年轻女子的嗔骂。

"对啊！"唐弦嬉皮笑脸，"我就是有病啊，得了相思病，这位神医还请留步！"

"神经病……"

唐弦嘻嘻哈哈，笑得合不拢嘴，将旁边还剩小半杯的威士忌一饮而尽。尽管如此，他的大脑还是在不断运转，思忖着那起绑架复仇案。

先前不利的线索已将嫌疑悉数指向了方雾，唐弦与陈沐洋之间却出现了分歧。陈沐洋认为，方雾之所以绑架梁钰晨，是为了吸引警方注意，通过调查绑架动机寻找其妻女惨死的线索，并让梁果的罪行曝光。可唐弦有着不同的看法。首先，他认为重新调查二十五年前的案件难于登天，寻找人证物证更无异于大海捞针，根本不可能在短时间得到答案。眼下声纹内容即将还原，就算陈沐洋有心帮他也无能为力。最重要的是这个计划从逻辑上看极不合理。唐弦清楚，追诉时效一经到期，已追究的应当撤销案件，或者不予起诉，甚至宣告无罪，这些方雾不可能不知道。所以纵然陈沐洋有通天的本事拿到梁果曾经犯罪的证据，也不过是让真凶背负上这个社会带来的十字架。绕了这么大一个圈子，最后若只是靠舆论进行复仇，如同一个无神论者通过作法下蛊来诅咒仇人一般荒唐，完全不符合方雾的行事逻辑。

唐弦之所以如此笃定，是基于对法学同样的敬畏和理解。他能够在司法系统混得顺风顺水，除了头脑过人外，更多靠的是对法学的痴狂。在他眼里，浸淫其中的乐趣俨然超过了回家继承公司的奢靡生活。香车美女、游艇名表，这些对他没有任何吸引力。面对一个又一个被送上审判席的被告，他侃然正色，借用神明之力，对有罪之人实施惩罚。这是一种使命。怎能想到，这次面对的，却是同样对法学心怀敬畏的方雾。

不过，唐弦的内心却构思着另一种可能。

多重人格障碍……

此病症多见于性格孤僻且长期处于极端压抑或受到过巨大打击之人。从另一方面讲，它就是一种人类的自我保护机制。该机制如同一个人的影子，会在某天被压抑时突然爆发，接管整个人的行为，对造成压抑的事物进行反抗。方雾待法律，如同虔诚的信徒面对神明。这样的人会实施法外复仇吗？答案显然是否定的。但放弃仇恨，相信任何人都无法接受。成天被这两种念头不断拉扯，或许是造成此病症的重要原因。

如果这样推测，一切就变得合理起来。

两种人格代表了两个极端，方雾的主人格奉公守法，墨守成规，而他的亚人格疯狂残忍，无视规则法律。亚人格因主人格的矛盾而生，因主人格的压抑而疯狂报复。

同时，一般多重人格的患者时常给人造成行为错乱、前后矛盾的印象，实则是两种人格交替出现，用不同的行事逻辑接管躯壳的病征。

这似乎解释了方雾矛盾的行为和不寻常的手法。

更奇妙的是，方雾只是提供了一个躯壳，或许连他都不知道自己这几天做了些什么。主人格对法律规则的遵守只会让亚人格将自己出现过的痕迹深深隐藏。亚人格会用他的方式，扫清一切复仇路上的障碍，去制裁梁果，然后永远消失。到了那个时候，方雾还是原来的那个方雾，仍坚信自己的信仰是法学。而死去的梁果，他只会认为是被一个绑架嫌犯谋杀，被一个永远不着踪迹的神明制裁。

要与神明建立沟通。

只要愿意，就能与神明对话。

神明并不是高高在上，而是在你我身边。

唐不自觉地拉了拉睡衣的前襟，掩住了裸露的胸膛，再次想起了方雾的那些话。

亚人格……就是他口中的神明吗？

唐弦两条眉毛越靠越拢，少见地挤出了一条深沟。

等下，不对！

若假设方雾存有多重人格，那面对陈沐洋的质问，反应为何如此矛盾。当时若是主人格，自然会感到莫名其妙；若是亚人格，也会竭力掩饰矢口否认。当时那种表现……明显违背了每种人格单独控制躯壳，以及行事逻辑保持一贯性的特征。

如此看来，这种假设就不成立，多重人格的结论就是个伪解答。

唐弦甩了甩头，数秒间就将先前的构思全盘否定。一切虽又回到原点，他却一脸轻松地呼出一大口气，似乎排除了一个巨大的干扰项。

是否事情压根儿就没这么复杂呢？是否两人一直思考错了方向，将问题引到了死胡同里？

思忖中的唐弦百无聊赖，将目光投向远方的天空。那里的云层正慢慢汇集，似要形成什么图案。他望着那个方向，思维深处的一块死角仿佛被唤醒了。

与神明对话……既然神明并非所谓亚人格，指的又是什么？

唐弦闭眼继续沉思，整个事件如此清晰，却又缺少了关键一环。

不对！并没有缺少任何线索，只是忽略了近在眼前的事实。

为什么那个人突然排满了所有的课程？为什么要选择驾车上下班？明明声放分析结果呼之欲出，为何不紧不慢，甚至刻意拖延时间？仇恨的对象是梁果，那绑架梁钰晨的真正意图是什么……连日的种种细节和疑问如同一条条信息链在脑海中被提取归档，形成了若干个不断变换的排列组合。恍惚中，他仿佛置身于一辆高速行驶的列车，漫天的数据信息在身边急速穿插。

随着时间一分一秒过去，唐弦大脑中的齿轮在慢慢咬合，迷雾背后的轮廓似乎变得清晰可见。

他猛然睁开双眼！

视线中，远处夕阳呈现出棕褐色泽，往稀稀拉拉的云层中缓缓坠下。有如一个巨大的篮球，朝篮筐中心落下，完成最后的抛物线——应声入网。

"原来是这样！"

唐弦一阵惊呼，整个人弹射而起。这是他从未有过的反应。

眼前如此明显的事实居然被自己完全忽略！

唐弦赶忙拿起手机，在最近通话中一阵滑动。当翻找到陈沐洋的名字时，手指却在半空停住。思索良久，唐弦似乎下定了另一个决心。他再次将已经黑屏的手机解锁滑开，打开了导航软件，查找那天陈沐洋在手机地图中标示的位置。

"他真是个天才！"

夕阳继续下坠，透过云层映得唐弦整张脸潮红一片，他的神情异常激动，喃喃自语着。很快，脸色又变得阴沉复杂。

"他就是个疯子……"


站在镜子前的方雾，周身被夕阳染得猩红。可除了光线着色，他胸前竟也溅满了鲜血，脸庞在鲜血的映衬下显得更加苍白，如同一个病态的屠夫。

他完全不认识镜中的自己，连日来的悉数作为，仿佛源自体内另一个灵魂。他不断打量眼前的人：那人苍白憔悴，脸颊两侧的肉早所剩无几，头发最近又被染白一片，只有意欲复仇的目光仍旧怒火熊熊。

他擦了擦额头渗出的冷汗，继续将锯齿状的刀具攥在手中，在面前一阵忙活，似乎正切割着某样东西。随着有条不紊的操作，动作逐渐熟稔起来，变得从容不迫。

因声纹被警方锁定嫌疑是迟早的事，但时间流逝的速度还是出乎他的意料。太快了，实在太快了，每耽搁一天，暴露的风险就会成倍提高，若在完成复仇前被警方抓住，那就彻底完了。眼下已不能再按部就班，不得不孤注一掷，部署出最后那一步……

"啪——"

思忖间，方雾将细长状物体从原处剥离，丢进了右手边的容器中。如此动作已重复了整整五遍，胸前的血渍，也一次比一次鲜红。

傍晚时分。唐弦根据手机定位，沿着街边一阵步行，约莫三十多分钟后，来到了长福路四十二号。他四处寻觅，转身进了一处老旧的小区。

门口屋檐下灯泡布满灰尘。借着微弱的光，门卫大爷戴着厚厚的眼镜，正跷着二郎腿阅读报纸。察觉有陌生人靠近，才抬起头来，在眼神与唐弦交汇之前就缓缓埋下头。简单的动作高度浓缩了几十年来重复单调的生活。

一眼望去，小区内房子笔直地矗立，外墙是用磨砂水泥砌成的，是二十世纪末普遍采用的居民楼建筑风格。犹如得了皮肤病一般，墙体涂料早已变色剥落，形成了一个个大小不一的怪异图案。夜幕低垂，晚风带来的丝丝凉意，给这里增添了些许古旧与神秘感。

唐弦缓缓行至一栋居民楼前，门口垃圾倾倒处的铁门此时豁开了一道缝，那里酝酿的阵阵恶臭直往鼻孔里钻。楼道口的声控灯早已不听使唤，他跺了半天脚，灯却忽明忽暗。唐弦摇了摇头，在遍布杂物的楼梯间拾阶而上，伴着楼道弥漫的潮湿霉味儿，数着满墙歪歪斜斜的小广告，好不容易爬到了第七层。

他驻足在两扇门之间，右手比出手枪造型，以单脚为轴，像个机器人般来回转动，凭借直觉敲响了左手边住户的大门。当然，这扇门比对面那扇显得更陈旧一些。

"咚咚咚……"

敲门声打破了楼道内的宁静，也不知来自哪家的犬吠应声而起，给出了回应。

须臾，挂着防盗锁的门被缓缓打开，门缝中挤着一个脑袋。那是个五十来岁的中年男人，只见他双眼眍䁖，脸色异常惨白，脸颊上的颧骨高高耸立，在微弱的廊灯映照下显得鬼气森然。

这人却让唐弦产生一种孟德斯鸠穿越到现代的错觉。

就是他了。

"您好，我叫唐弦，是陈沐洋的朋友，市检察院的工作人员。请问是方雾老师吗？"

声控灯再次熄灭，那个脑袋没有言语，也看不到他的表情。

唐弦笑容可掬，将衣服里的证件取下，递到了他眼前。

那双空洞的眼眶中看不到瞳仁，方雾呆立良久。随后一阵锁链的金属摩擦声，如揭开封印一般，大门被全部打开，那个身影出现在了唐弦眼前。

"有事？"

"第一次见面,非常荣幸!"唐弦右手将证件收回夹克的内包之中,同时伸出了左手,"有些问题晚辈特来请教。"

方雾对这个不速之客显得有些犹豫,迟迟没有回应。

"我今晚很忙,没时间闲聊。"

唐弦将手收回,笑容更灿烂了。"没关系,我可以就在门口等,直到前辈忙完了再说。"

"最多十分钟……"

"没问题!"唯恐这个人会马上变卦一般,唐弦喜出望外,立即应和,"足够了!"

"进来吧!"方雾转身隐没于黑暗的房间之中。

唐弦探头探脑,一脸好奇,跟着走了进去。

"啪"的一声,老式的白炽灯闪烁几下,顽强地发出光明,填满了整个房间。

唐弦一时还无法适应突如其来的光明,眯起眼睛打量四周。

脚下老旧的水泥地板泛着乌青的光泽,上面裂开了几条细长的裂缝。四周的家具茶几是二十世纪八十年代的风格。茶几上放置着几个青花瓷杯子,简单而整洁,沙发上也铺着简约的白色蕾丝布。乍看之下,整个栖身之所显得简洁而怀旧,同时没有任何生气。

种种愁苦压抑,似乎沉积在了房间的各个角落。

唐弦的目光最后落到了洗手间的门把位置,那里安装了一个明锁。

"喝茶吗?"方雾双手揣在兜里,一点也不像要招呼人的样子。

唐弦连忙摆摆手,说:"今天总算见到本尊了。"

"是陈沐洋让你来的吗?"方雾眼神空洞,但仍能察觉他泛起了一丝警惕。

"这次拜访是我个人意愿，和陈沐洋无关，他也不知情，前辈大可放心。"

"他知情又如何？"

"……因为前辈，他这几天可是焦头烂额啊！"唐弦笑道，露出了洁白的牙齿。

方雾冷冷看着唐弦，似乎连"哦"字也不打算回应。这个人几乎有着终结任何话题的能力。唐弦却截然相反，嘻嘻哈哈的态度似乎总能将气氛重新活跃起来。

"我可真羡慕他，能有这样一位老师。"唐弦瞄着方雾那张抹杀了人类一切情感的面孔，修改着措辞，"嗯，有语病，应该是曾经有过这样一位老师。"

"你还剩六分钟不到了。"

"五分钟足够了！"唐弦不紧不慢，"近日沸沸扬扬的华大绑架一案，前辈想必知道吧！"

"梁钰晨是我系学生，我负有一定责任，待一切水落石出，我会接受校方一切处罚。"方雾缓缓开口，"不过这之前，我不希望对教学造成影响。"

"哦？前辈果然很在意是否影响教学进度啊。这是为什么呢？"

方雾迟疑片刻，淡然答道："我是一名老师。"

"果然如陈沐洋所说，"唐弦双手拊掌，似乎更坚定了自己的判断，"或许，这就是他内心挣扎的原因吧！"

方雾没有回应。

"一方面，陈沐洋心中有着对正义的期待，却又掌握了对恩师不利的线索。无论是将你绳之以法还是袖手旁观，对他来说都是难题。如此矛盾的心理，恐怕也只有前辈才能切身体会吧！"

窗外的晚风吹拂进来,将沙发一角的白色蕾丝轻轻带起。

"我不懂你的意思。警方自然有怀疑的权利,同时也有操作的程序制度,要怎么行动是他的事。"

"说来惭愧,我先替他向您道个歉。因为昨天那家伙在既没有搜查令,也未经主人允许的情况下来到了这里,擅自闯了空门实在对不起。"

"马上到九点,只剩三分钟了。"

"他根本找不到任何证据。"唐弦话锋一转,目光变得锐利,"前辈只是利用陈沐洋的矛盾在拖延时间。因为,你早已做出了决定!"

方雾全身的毛孔骤然张开,重新打量着唐弦。明明是个嬉皮笑脸的年轻人,为何那双惺忪的睡眼却隐隐有种能将人看穿的犀利?

"我不明白你的意思。"方雾冷静的视线第一次出现了动摇,"据说声纹内容不日就将还原,如果一切真是我做的,为什么还要拖延时间?"

"复仇还是原谅,对于一个将法视为信仰的人来说,真的太难抉择了。"唐弦将目光聚焦在方雾脸上,与他四目相对,"对于法律工作者来说更难。不过这些都不重要,你还是做出了选择,不是吗?"

方雾越发绷紧了弦。

"抱歉啊,可能你还不知道吧,我一度认为你出现了多重人格。毕竟前辈那些前后矛盾的立场、不寻常的手法实在让人百思不得其解。"

说到这里,唐弦不禁摇头自嘲起来。

"而且前述种种根本构不成所谓证据。就算警方对你实施拘传,也奈何不了你。毕竟只要坚称对梁果在心理咨询诊所的内容不知情就行。况且以你的影响力,警方根本不会将你列为首要嫌疑人。同时,这也是你的目的。让我们只纠结于表面的破绽,根本看不到你真正的手法。"

唐弦不紧不慢,继续叙述着,温和的言辞中似乎隐藏着锐利的钩爪。

"是的,手法……一种让前辈能下定决心复仇的手法!"

方雾努力保持着镇定,但心脏跳动得越发激烈了。

"陈沐洋能为我提供的线索太少了。他对前辈的敬畏,蒙蔽了理智和判断,翻来覆去都是你的教学态度、性格习惯云云,甚至连打球的方式都重复说了好几遍。"唐弦表情有些无奈,但接下来的话却掷地有声,在屋内回荡,"得益于这些细枝末节,反倒让我看清了整个事件的真相,洞悉了你真正的手法!"

方雾与唐弦的目光不觉间交会。不知为何,他感觉面前这个年轻人掌握了主动权,如同篮球比赛持球一方,已站在篮下,准备投篮。

"谋杀梁果就会犯法。这是一个始终绕不开的问题,一旦陷入这个思维定式就会形成一个怪圈。对于普通人,这是个悖论,根本跳不出去。"唐弦顿了顿,"但前辈对于法律的掌控太强了。这一点连我都始料未及,你居然跳了出去!"

"你是说我可以杀人不犯法?"

"世上压根儿就不存在完美的犯罪。多少自诩高智商的犯罪天才也尽数栽倒在我面前,最终被法律制裁。"唐弦的眼神再次变得犀利,"的确,前辈采用了某种手法,一种真正意义上的不可能犯罪,巧妙地跳出了这个'怪圈'。"

方雾整张面孔霎时黯淡,不自觉躲开了唐弦的目光。

"在我们圈子有句话,说法律学多了,有时容易丧失人性,变得只用逻辑去思考问题……现在看来这真不是一句玩笑话,因为你正是这样一个人,为了不打破逻辑上的平衡,更是什么事都干得出来。"唐弦神色变得难以捉摸,"无论多么残忍,或付出多大的代价。"

那颗虚晃半天的篮球,终于出手了。

"黑就是白,白即是黑。"唐弦屏住了呼吸,似乎接下来的真相连他都无法相信,"其实,你真正的目的……"

篮球划着完美的弧线,空心入网!

墙上钟声骤然敲响。方雾内心猛地一沉,闭上了双眼,知道还是没能瞒得住眼前这个年轻人。一片耳鸣中,他本能地屏蔽了唐弦接下来说出的答案,整个人杵在原地,右手微微颤抖,似乎心有不甘。

"你会将我送至公安机关吗?"

"什么?"唐弦显得不解。

方雾缓缓睁眼,重重呼出一口气。

"既然你已看穿一切,相信也做好了将我扭送至公安机关的准备吧?"

唐弦笑笑没有回答,起身踱到了电视机前。这是一台显像管电视,约莫三十二寸大小。但吸引他注意的并不是这个,而是放在电视柜边缘的一样东西。

那是一个布满灰尘的老式黑胶唱片机,唐弦将茶几上的纸巾抽出几张,小心翼翼地擦拭起来。一会儿又将一旁的唱片小心拾起,目光扫过封面。

"原来前辈也喜欢巴赫的音乐啊!"

"以前经常听……最近没碰了。"

"不过很奇怪呢。"唐弦故作糊涂,"'最近没碰了'这个借口的确能解释上面的灰尘。但为什么整个房间都干干净净,电视柜也是一尘不染,偏偏唱片机上面却灰尘密布,好像故意不去清理一般。看来前辈特别排斥这件东西。"

"听音乐需要讲究心情,我已经好久没有心情听巴洛克时期的音乐了。"方雾并不避讳,就实答道。

唐弦面带笑意,将唱片机一旁的养护盒打开,拿出了里面的碳纤维刷,并将清洁滴剂轻轻挤在了上面。他双眼紧紧盯着手上的动作。

"你也喜欢听黑胶?"方雾问。

"巴洛克一词,源于法语,意指不规则的珍珠。相较文艺复兴时期,巴洛克的美学就是一种宁可打破形式上的均整也要着重于表现强度的美学形式。"唐弦依旧专注于手中的保养步骤,似乎意有所指,"这种美学在早期的风格比较凝重拘谨,循规蹈矩,后期却打破了传统,破坏了规则……前辈怎么看呢?"

"你指什么?"

"我指音乐。"唐弦没有抬头,动作不紧不慢。

方雾叹了口气,露出苦笑:"诚如新古典时期的言论,音乐如同人类的文明社会,乐谱就似社会中的规则秩序。如果一个社会没有秩序,将陷入混沌,杂乱不堪。音乐也一样,若不按照乐谱进行演奏,自然也只能发出噪音,'不靠谱'一词正来源于此……"

"不尽然吧!"

被打断的方雾并没有生气,似乎也等着接下来的答案。只见眼前这个年轻的检察官将沾匀滴剂的清洁刷放置于黑胶唱片表面,按顺时针方向轻轻擦拭。他所有动作细致而考究,如同一个沉浸于手工制作的匠人。

"比如巴赫的音乐，代表作如《第三号管弦乐组曲》的第二乐章——《G弦上的咏叹调》。其纯朴典雅的旋律加上G弦特有的浑厚、丰满音色，看似跳跃无序，却使整首旋律高潮与平缓交替出现，大开大合。"

"你是指第二乐段？"

"对！"唐弦眯着眼睛，将擦拭好的唱片放在白炽灯下仔细观察，"第一乐句同时出现第一小节及第二小节的两次八度大跳，让旋律更加深沉。在曲调达到一定高涨点后，旋律又回到遐想之中……"

"但它的高潮出现在倒数第四小节……"不知为何，方雾也开始了补充，"并离调到F调，倒数第三小节回到C大调，结尾用了宁静的弱收束，并加以无限延长，令人回味无穷。"

"就是这样，就是这样！"沉寂已久的那根弦似忽然被拨动，唐弦兴奋地将头抬起，"此曲强弱变化特别多，渐强、渐弱的风格也对演奏要求特别高。所以试想，若拘泥于一般演奏常识，后人如何能听到这般洞彻人心的神曲？"

"是啊！"方雾不禁发出感慨，"巴洛克时代的艺术家们就是这样，将每一次狂热的灵感注入严谨的五线谱中，才使这般堕落的艺术变得兴盛起来。这样看来，巴洛克时期的美学继承并取代文艺复兴时期的文化显然符合了事物的发展规律，是历史的选择。"

话音间，唱片被缓缓放下。唐弦轻吸一口气，似乎意犹未尽。

望着那个仍沉浸在自己世界中的年轻人，方雾不禁咧开了嘴角，说："既然被你看穿，我无话可说，不过你究竟是谁？"

唐弦露出了洁白的牙齿，说："我叫唐弦，只是慕名而来的一名基层检察官。今天的拜访是我个人意愿，和陈沐洋无关，也不会有第三个人知情。再说按照程序，除牵涉贪腐案件，刑事案件都是由公安机关负责侦查，检察机关一般不会提前介入，相信前辈比我更清楚。"

方雾一时间还以为听错了。

"那你会通知梁果，让他们小心防范？"

唐弦闭眼苦笑，旋即摇了摇头，表示否定。

"当然，我也不会一直袖手旁观。假如前辈计划失败，被警方抓住移交至检察院，我会毫不犹豫地提起公诉！"

方雾不再言语，缓缓走到了窗边，似乎开始凝视风暴前最后的平静。

"怎么会失败呢？"他喃喃自语，背影与夜色融为了一体。

望着这个清癯的背影，身上衣衫遍布褶皱，显得苍老而孤独，唐弦不禁微微动容。

"只可惜梁钰晨是个好孩子，他不应该被牵扯进来……"方雾单薄的背影微微颤抖，似乎也有些难过，"我唯一觉得对不住的就是他……"

话头戛然而止，方雾长叹一口气，缓缓说道："罢了，事已至此，我想求唐检察官帮我个忙……"

"一定要这样做吗？"

"嗯？"方雾微微侧身。

"能放下吗？"

方雾噤声不语。

"哈哈，只是随口问问。不过……"唐弦嬉笑的脸色中夹带着真诚，仿佛做着最后的努力，"能放下吗？现在回头，或许还来得及！作为检方,我可以根据本次绑架的主观恶性程度,酌情进行……"

"来不及了。"方雾回身来到客厅,踱到了另一侧,将洗手间上的门锁推开,示意他凑过来。

"已经无法回头了。"

唐弦还未走近,猛地嗅到一股铁锈味儿。他知道那是人体血红素发出的独特气息,还没来得及张口,血腥之气已扑面而来。一股恶寒窜至全身。

眼前的一切让他目瞪口呆。

一阵急促的呼吸声打破了幽暗小屋中的沉静。

梁钰晨畏葸不前,伸出颤抖的双手对黑暗中未知的四周进行着抚触探索。他周身的"触角"每向外探索一点,仿佛都耗尽了全身的勇气。

就在这时,黑暗被撕开了一条裂缝,越来越大。那不是裂缝,而是外面的光,门被打开了!

光线犹如密密麻麻的吸血生物,嗅到了新鲜血肉,纷纷从门外贪婪地钻进屋内,迫不及待要将四周占据。门已被完全推开,重见光明并没有让梁钰晨感到欣喜,只见他遍体鳞伤,早已奄奄一息。眉角崩开的他,视线已被伤口溢出的鲜血浸染阻隔,在眼前形成一道朦胧的血雾。此时的他眼神恍惚,蜷缩在一角,没有任何角落可供躲藏,这让他抖得更厉害了。这只惊弓之鸟,似乎对那片模糊中出现的人影充满着恐惧。

那是一张没有表情的面庞。

"方老师……"梁钰晨气若游丝,全身剧烈的疼痛感让他面部狰狞，苦苦支撑。

方雾的白衬衣已被溅满血迹，他死死盯着眼前这一幕，将右手握着的东西从背后拿出来。

那是一把二尺多长的斧头。斧刃闪着冰冷刺眼的寒光，让瑟缩的猎物感到绝望，发出阵阵悲鸣。

"咔——"

一阵钝器与血肉接触的沉闷声传来，地上的梁果不再动弹。

方雾双手再次抡起斧头，朝着面前那摊血肉模糊的东西狠狠砸去……

"啊！"

一声惊叫划破了黑暗。

"怎么了？"

肖依婷摸着黑，惊慌着打开了一旁的台灯，还未待适应光线，便发现了身旁坐起的陈沐洋。只见他两腿蜷缩至胸口，并用双手抱住，两眼瞪视前方，气喘吁吁。

肖依婷稍稍松了口气，将脸凑到了他的面前，用眼眸接住了他望向未知空间的视线。她嘴角俏皮地扬起一丝弧度，再次柔声问道："怎么了？"

陈沐洋剧烈起伏的胸膛渐趋缓和，咽了咽口水。"没事儿！做了噩梦。"话语间，他连忙翻身下床，跑到了门口的落地衣架处，对着那里的衣物一阵翻找。

片刻后，他从白天脱下的外套中扒拉出一根折掉的香烟，也不顾肖依婷在场，转身用火机熟练点燃，来到窗边使劲吞吐。烟气打着旋儿，很快消散在了窗外的夜幕中。

公然违背"禁烟令"，这让一旁的肖依婷愣住了。窗外的晚风吹在身上，让静谧的夜晚生出一丝冷意。须臾，她蹙起眉头，脸上的诧异变成了忧虑。

陈沐洋被调到分局后，工作强度和压力都较以往上了一个台阶。有时凌晨回来刚刚睡下，又接到任务夺门而出。最关键的是，他这个人从不把工作上的苦水带回家。纵然有时神色明显不对，但一追问，他又一副嘻嘻哈哈无所谓的模样。刑警在案情未公开前，有对外保密的义务，肖依婷却知道这是陈沐洋经营婚姻的哲学，他不希望让任何不愉快的因素闯入原本平凡幸福的二人世界。

陈沐洋还在派出所上班时，有一天回来得很晚。他一进门就疲惫地倒在沙发上，根本没注意到从卧室走出来的肖依婷。直到发现她才慌忙站起，一脸傻笑。她当时就看出了端倪，连忙上下打量，问他缠着纱布的手是怎么回事儿。陈沐洋有些支吾，称被打碎的杯子割了一道口子。又问外套怎么没带回来，他说被杯子里的水打湿了，还放在单位晾着。肖依婷压根儿就没相信，可她知道这是他的脾气，无论怎么问，反复都是这几句。带着疑惑与不安，她慢慢睡去。翌日，肖依婷来到单位，周围的同事告诉她，她的老公多么多么英勇。带着疑惑，她打开了当天的报纸，瞥见标题为"刑警徒手勇斗三名持械歹徒"的新闻，赫然登出的那张照片不是陈沐洋又是谁？看着绘声绘色的报道，肖依婷感到一阵晕眩。一回到家，就对着他劈头盖脸破口大骂。陈沐洋只是笑笑没有说话，似乎天大的问题都不叫事儿。

夜已深，肖依婷静静地看着身穿单薄睡衣，倚在窗边与尼古丁做伴的男人，他的背影显得有些孤单。不知何时香烟已经熄灭，拖得长长的烟灰堆积在他指尖，徒劳地变成一片灰烬……

究竟什么样的案件，能让原来那个开朗乐观的大男孩变成这样。

肖依婷不知道，也不可能问得出来。

她缓步下床，来到了丈夫身后，将头靠在他的背上，伸出双手将他紧紧地抱住。

"没什么，我就在你身边……"

## 第九章

如同上帝之手演奏一曲巴赫平均律，音符终止之时，便是恶魔现身之日。

——约翰·迪克森·卡尔《犹大之窗》

黑胶唱片缓缓转动，不紧不慢。旁边伸出一只手拾起了唱臂，将唱针小心翼翼地放置在唱片边缘。毛边音一带而过，音乐徐徐演奏。

《G弦上的咏叹调》前奏声悠扬响起，旋律简单清澈，悲天悯人的神圣庄严感呼之欲出。

伴随着宁静、诗意的旋律，方雾拉开了卧室的木质衣柜，里面的一件件衣服井然有序地排列在他面前。在最右侧边缘，一个不起眼的黑色罩袋静静悬挂在那里，仿佛尘封已久，已被时间遗忘。

方雾将黑色罩袋打开，一套正装西服呈现在眼前。

音乐继续演奏，曲调弥漫整个房间。小提琴在G弦上诉唱，旋律逐层上推至高音，乐曲进入高潮。像空气中不停流转的风，又像海上起伏的浪，但远比那些美丽动人。置身于这样的乐曲中，他如同一个罪孽深重却无法解脱的信徒，跪在神明前祈求宽恕；又仿佛一位历经磨难，受尽坎坷之人，身处水深火热之中，愤恨不平，诅咒命运，心中充满黑暗。

方雾缓缓穿上衬衣，披上西服，系上领带，动作轻柔舒缓，宛如一位古典绅士，准备迎接一场庄重神圣的仪式。

旋律持续推进，从最初的悲郁隐忍到中段的跳跃，似乎将郁积在内心的彷徨挣扎悉数倾诉了出来。一阵激荡的演奏后，一切又回到低吟之中，归于平缓静谧。一曲闭幕，仿如祈祷，宛若祝福。

方雾放松的左臂轻轻垂下，右手将西服上第一颗扣子合紧扣上。他拾起目光，瞥向了床头那张旧照片，目光从容而坚定。

窗外，远方的天际已被初升的太阳染红。


二十六岁那年，孙澜怀上了梁钰晨。

得知有了宝宝后，她的心情较之前产生了巨大变化，情绪变得异常芜杂，多愁善感。梁果告诉她，怀孕后的女人都是这样，情绪起伏是正常现象。

每次孕检，她都如同在接受命运的审判。当B超医生盯着屏幕半天不作声时，她的心像被人揪住，不能呼吸。纵使拿到检查结果，也要不停追着医生百般发问。直到告诉她一切正常，才能带着期许，将心中石头暂时落下。

十个月的时间很短，也很长。为了胎儿的健康，她按医生的建议坚持顺产。眼见来到面前的小生命，在鬼门关走了一遭的自己觉得如获新生。

虽然当时医疗水平已相对成熟，可孙澜仍认为能够成功孕育生命并顺利生产，都归功于神明的庇佑。面对上天赐予的礼物，她决心在未来的日子里接过神的旨意，穷尽一切对这个生命给予最大的呵护。

初生的宝宝在夜晚睡觉时总产生惊跳反应，即在熟睡中突然抬起小手，然后哇哇大哭。为了保证孩子睡眠充足，她总是整夜用双手将儿子的两只小手轻轻稳住，为此几个月都没有睡过好觉。有时刚刚睡着又会骤然惊醒，唯恐压住宝宝的那只手用力过沉，伤到了儿子。

为了让宝宝养成良好的习惯，她借来了一大堆育儿方面的资料，书本多得在房间一角堆起了小山。可即便如此，她却并没有多少时间翻看。那段时间丈夫工作很忙，不能时刻陪在身边，她不知道是怎样的信念才让自己坚持下来。白天大脑晕晕乎乎，一个人顶着浮肿的眼睛抱着宝宝不断喂奶、换尿布、洗衣服。刚刚忙完想补个觉，却又到了喂奶时间，就这样循环往复。有时，她偷偷拭泪，感觉已经到了极限，实在太累了……

同时，她也总在焦虑，仿佛一旦没什么事情焦虑就活不下去一样。孩子不好好吃奶，不论吃少了还是吃多了，她都会揪心一整天。而当看到宝宝沉沉睡去的脸庞，起伏的小小胸膛，她又觉得满足。

第一次当妈妈或许就是这样，怕没能给儿子最好的一切。在这样的纠结与矛盾中，小生命还是一天天长大了。从翻身到坐起，从牙牙学语再到蹒跚走步，体重也一天天增长起来。每一点小小进步和"新功能解锁"，在孙澜看来都是一种惊喜，生命仿佛被不断点缀上了新的色彩。

梁钰晨九岁那年，孙澜去接刚放学的儿子，母子俩手牵手，往回家的路上走着。

"小晨，你要抓紧妈妈的手懂吗？"

她忽然想起最近拐卖小孩儿的新闻，不禁心有余悸。

"嗯？"稚气的梁钰晨满脸疑惑，"为什么呢？"

"最近有好多拐卖小孩的坏人，专门在学校门口悄悄埋伏，没有抓紧妈妈手的孩子都被他们拐走了！"孙澜添油加醋，但一脸严肃。

"我不怕！"

"傻儿子，他们会把你抓起来，卖到深山里去，你就再也见不到爸爸妈妈啦……"话音未落，孙澜不自觉紧张起来，连忙抓紧了儿子的手。

迎面过来一个"可疑"男子，与他们擦身而过，在她看来对方仿佛打算抢走身边的宝贝。

"我不怕！就算有坏人，我也要保护妈妈！妈妈你也别怕！"

听着梁钰晨充满童真的呓语，孙澜倍感欣慰，不自觉将儿子的小手抓得更紧了。

孙澜和丈夫的教育理念有所出入，梁果总要求儿子好好念书长大成才。而孙澜只想着一家人能够平平安安在一起，别无他求。随着岁月的流逝，她总是牢牢握住那只小手，让儿子始终在她身边。虽然儿子在诞生的那一刻，生理上将两人联系在一起的脐带就被切断。但渐渐地，这只小手变成了两人心灵沟通的纽带。随着儿子一天天长大，小手慢慢变成了大手，反倒自己的手变小了一般……

梁钰晨被绑架的这几天，孙澜伤心欲绝，也开始反省后悔。她悔恨没能保护好儿子，甚至觉得他去上大学都是个错误，就应该让他永远留在两人身边。一想到儿子不知在哪个阴暗角落中瑟瑟发抖，她就坐立难安。睡梦中，总看到一只小手在朝自己不断挥舞，她着急想去抓住，却只差毫厘。

如今,她总算见到了那牵肠挂肚的东西——梁钰晨的手指。

儿子的五根手指均已从手掌上剥离,装在一包透明医用密封袋中,触感冰凉,早已丧失了原先的热度。拇指、食指、中指、无名指、小指……犹如五根蘸满红褐色颜料的画笔,在孙澜眼前平行排开。

五根手指是早上七点左右由快递公司寄来的,寄件人及寄送方式与之前如出一辙。孙澜在打开包裹后看到一张 A5 纸打印的便条,上面印刷着几个清晰的黑体大字:报警的代价!她往包裹里一看,立即明白了那是什么,连声惊叫,旋即晕厥过去。她的指尖却隔着密封袋,与里面的东西"十指"牢牢相扣,像是怕被人夺去一般。警方费了好大劲儿,才将其从孙澜指间掰开取走,迅速化验鉴定。

梁果在一旁与警方交涉。与其说是交涉,不如说是被几名刑警不断安抚。看到儿子的五根断指,心情自然很痛苦,但现在他更多的是怒不可遏。这样的愤怒一方面来自绑匪的残忍,另一方面来自对警方办案水平的强烈质疑。如果不是怕进一步刺激妻子的情绪,恐怕他会当场发作,暴跳如雷。

"为何还没有眉目?还没抓到人说这些屁话有什么用!"梁果怒目圆瞪,歇斯底里地呵斥在场的刑警。

"梁先生请不要太激动,陆队一早接到消息已向秦局长汇报了,一定——"

"汇报,汇报!汇报有个屁用!我要你们赶紧把绑匪抓到,你们看到了没?这是我儿子……"梁果悲愤交加,声音不断颤抖,"他的手,以后都……"说到这里,他单手掩面,泣不成声,另一只手仍死死拽着一旁的刑警。

"小晨……他死了吗?"不知何时醒来的孙澜耷拉着脑袋,

气若游丝。由于几天没有梳洗，头顶蓬乱的枯发挡在她眼前，将整个面门笼罩在阴影之中。她的声音冰冷，毫无预兆，却吸引了在场所有人的注意。

"他已经死了吗？"

"不！"梁果松开刑警，跨到孙澜跟前，将她用力抱住，"他不会死的，他不会。相信我！他一定能安然无恙！"

"安然无恙……"孙澜没有抬头，"你当我已经精神失常了，是傻子吗？"

孙澜没有任何肢体动作，仍低着头，呆坐在原地一动不动。虽已丧失所有力气，却怼得在场的人都抬不起头，包括梁果。

"从一开始，我就说不要报警，不要报警……结果……是你！"孙澜想抬手指向梁果，但挣扎几下，放弃了，"梁果！是你害死了我们的儿子！"

"还有你们！也是害死我儿子的帮凶！"

"他还活着！你别乱想，他一定还活着！我们不能放弃！我们的儿子一定还在坚持，他在某个地方等着我们去救他呢！"梁果双手牢牢抓住孙澜肩膀，来回摇动。

"还活着吗？"

"活着！一定还活着！要相信我们儿子，至少他会坚持，为了我们，一定活着！"梁果在给自己打气。

孙澜努力扬起了脸，面孔苍白得可怕，宛如一尊雕像。

"他还活着吗？看着我的眼睛告诉我，我的儿子还活着吗？"孙澜盯着梁果，她迫切需要一个答案，哪怕只是自欺欺人。

"相信我！他一定还活着……一定！"梁果努力将表情定格成笃定的模样，他也在为自己打气，现在还不能垮掉。

这番话似乎稍稍触动了心如死灰的孙澜。她的眼泪终于喷涌而出，顺着脸颊滑下："没有死，还活着，还活着啊。可……可是……他的手指被人一根根剁掉……他……咱们的儿子……得多疼……多疼啊……他小时候有次从公园滑梯上……摔下来都哭得可厉害了……"

孙澜泪如泉涌，泣不成声。

梁果将她使劲抱在怀中，感觉妻子宛如一只受惊的小鸟，娇小的身子不断颤动。他把下巴轻靠在孙澜额上，念及可怜的儿子，趁着妻子此时看不见他的表情，也紧闭双眼，面庞扭曲，连日积压的苦楚化作两行泪水，沿着满脸的沟壑扩散开去。

这一幕让在场刑警无不动容，鼻子发酸，但他们更对绑匪的残忍感到悲愤。根据现场刑警的初步判断，五根手指形态较完整，均从近节指骨滑车处连同皮肉被一并切下，全部来自左手，且从五根手指关节处的瘀血浮肿来看，被害人曾遭到过一番毒打。当然，一切都已不再重要，早先经法医化验分析，断指是于昨日下午至傍晚期间被切下，并且断指截面已无任何活体反应……这证明手指在被切割前，被害者已失去了一切生命体征。

在进一步送检结果出来前，法医虽未正式签署梁钰晨的死亡报告，但他摇了摇头表示遗憾，被害人已无生还可能。

所有警员都依照上级命令对该消息实施了封锁。一方面避免此恶性案件给外界造成恐慌，另一方面也是为了暂时安抚家属情绪，以便后续收集侦缉线索。

举凡绑架案，绑匪大多采用恐吓威胁等手段，千方百计让被害人家属放弃报警，或给警方施压，让他们不敢轻举妄动。但这些只是一种手段，真正伤及被害人甚至撕票的情况较少。毕竟这是底线，会造成鱼死网破的局面。

根据我国刑法对绑架罪的定罪量刑：嫌疑人致使被绑架人死

亡或者杀害被绑架人的，处死刑，并没收财产。

所以，绑匪一旦触及这条底线，事态势必升级。警方全员出动，全力侦缉，凶手根本无处可逃，还将背负极重的刑事责任。当然，也会有绑匪发现拿不到赎金后，担心事情败露，将人质杀害，但极少出现杀人后通过寄送肢体尸块来刺激家属的情况。可见，此次绑匪不仅冷血病态，简直视人命如草芥，在公然向警方宣战。

陆洪涛接到这一消息后也一改往日的沉稳，立即向分局领导汇报。在得到上级口头声援后，分局当即签发红头文件，案件由秦局长亲自挂帅，陆洪涛负责指挥。通过统一调配刑侦、技侦、网侦、图侦、治安、特巡警等人员，集全分局警力，发誓要将这丧心病狂的犯罪分子绳之以法。一早，所有轮休警员假期取消，全部到岗进行任务分配。分局通过部署，开始对全市进行了更大范围的仔细排查。

只是有一个人，再次擅离职守，独自展开了行动。

"大家或许有疑问，为什么今天授课的内容似曾相识？

"能有这样的疑问我十分高兴，说明去年上课时你们都有用心在听。

"法理学的概念是整个学科的精髓。它简约而不简单，包罗万象，值得我们举一反三，温故而知新。可以这样说，一旦你掌握了法理学的概念，就掌握了整个法理学科，甚至掌握了整个法学的关键。因为你一旦触及它的核心，就如道生一，一生二，二生三，三生万物般奇妙无比……"

在第一阶梯教室中，一身西服的方雾站在讲台上侃侃而谈。

面对台下黑压压的听众和那一双双求知心切的眼睛,他感到无比欣慰。这是他熟悉的讲台,台下是熟悉的学生,一切再熟悉不过。

撷取浩瀚法学知识中的精华,刻入每一位学子的脑海。三十年的光阴,他浸淫其中。看着学生一步步成长,走上司法工作的各个岗位,他感到无比光荣与神圣。

同时,他也在努力,孜孜不倦地钻研各个国家不同时期的法学及文化,尝试对教学内容不断精练更新。国内法学研究起步较晚,某些方面与西方法治国家还存在较大差距。这无关国家法制建设的力度,更多归咎于普通民众的意识。意识上的差距,是一种难以量化的东西,无法一蹴而就,需要经历较长时间的积淀。思忖至此,他又觉得三十年如此短暂,个人能力何等渺小。

三十年,神明赋予他的职责漫长又短暂。

不过很快,一切将不复存在……被害者的手指寄出后,警方势必已展开了全力侦缉。情况刻不容缓,他必须在警方拘捕自己前完成复仇。

讲台上的方雾,有些不舍,有些哀伤。不过,他的思绪立刻转回到教学上,因为每浪费一秒,都将成为往后最大的遗憾。

坐在台下的学生是幸运的。因为方雾法理学的选修课名额,年年都在内网选课系统开放的前几秒被一抢而空。宝贵名额被抢光后,仍阻挡不了前来站着蹭课的学生们。

今天,是该学期选修课程的最后一节,不少学生听说方雾居然穿着西装前来授课——对这个不修边幅的人来说简直史无前例,更造成了轰动效应。方雾来到学校上课仅二十多分钟,却传得人尽皆知,学生纷纷挤进教室,人头攒动。

而在人群的后排,挤进了一个专心聆听的不速之客。

台下的陈沐洋懂得方雾每一句话中的诉求，了解每一个字背后蕴含的无奈。这样的无奈也是自己此刻心情的映射。陈沐洋渴望只挤在人群后方，来上每一节课，但他知道，今天是最后一次了。

方雾触碰到法律这根红线，也触及了陈沐洋的底线。饶是厘清了这个人复仇的事实，但陈沐洋认为方雾至少不会对无辜之人下杀手，始终试图劝说，让恩师悬崖勒马投案自首。可今晨得到的消息让他如坠深渊。无论对梁果有何种仇恨，梁钰晨毕竟是无辜的。绑架他人并致人死亡，哪怕至今掌握的证据仍不充分，也必须对其实施人身控制。

不过，此时的陈沐洋还是在等待着什么。身处神圣庄严的教室，眼前黑压压的学生，讲台上那个再熟悉不过的身影，周遭的一切在无形中筑起了一道超脱正义与邪恶的屏障，难以逾越，维护着方雾最后一丝尊严。陈沐洋清楚，这是曾经师生一场的最后留念，也是他亲手彻底捅破这层窗户纸的心理缓冲。

方雾继续在讲台上引导着学生们的思路，不时抽出右手，舒展着在面前晃动。他的袖口还是大了一号，随着手臂挥动，那里显得空荡荡的。而那枚无名指上的戒指，也安静地在那里，在白炽灯光线的照耀下，发出淡淡的光。

陈沐洋轻耸左肩，用手摸了摸腰间，一副手铐就躺在那里。那是多年来和他一起办案的伙伴，此刻的触感冰冷刺骨。很快，随着铃声拉响，他就将从一名学生变回刑警，用这副戒具，拷上那双满是血腥的手。讲台上的人已不再是八年前的那个方雾。

课程已接近尾声。

"法学就是一门社会科学。它受具体历史条件制约，反映着人们对世界认识的深度、广度和价值取向。所以，想了解人生百态,去钻研法学;想知晓社会规律,去钻研法学;想洞彻人心是非,还是去钻研法学。

"在最后,要跟大家道个歉。今天所讲的内容,全是个人的一点简单归纳,并不是司法考试的知识要点,想通过这节课提高分数的人要失望了。不过,我却由衷地希望在座各位不要将司法考试当作人生的终极目标。毕竟,司考只是一段经历,法学才是在座诸君的毕生追求。

"本学期课程就到这里,感谢各位。下课!"

"叮叮叮……"

铃声在话音落下的同时准时响起,方雾向台下鼓掌的学生们深鞠一躬,挺身抬头,往门口走去。

到此为止……老师,对不起了。

方雾走出教室,裹在人群中的陈沐洋紧紧跟上。他大脑一片空白,仅存的意识在不断告诫他即将需要完成的动作。

前方的人群拥挤不堪,但根本无法构成此刻拘捕方雾的障碍。陈沐洋突破了一道又一道"防线",离方雾仅十步之遥,他的手已经再次摸到了腰间的手铐……

突然,两只粗壮的手臂搭在了陈沐洋的肩上,让他感到颇不自在。因为对方力度之大,不仅让他全身一震,更直接限制了他双手活动的空间。

陈沐洋急忙扭头,发现站在身后的是三名高大结实的男生。他有印象,是先前一起和方雾打过篮球的学生。

"是陈警官吧!"抓着陈沐洋右臂的那个男生剃着寸头,笑着冲他招呼,"好巧!一起去球场切磋切磋?"

陈沐洋紧绷的神经稍微放松了一些,连忙说:"抱歉,改天再约,今天我要执行任务。"

"什么?"那名男生一脸疑惑,做出了夸张的表情,"你说什么?我听不见。"

"我说……"陈沐洋边说边转头望向方雾,发现他在人群中越走越远,于是急忙将双手抽出,试图挣脱这几人的纠缠。但发现随着挣扎,对面几人加大了力度,三个人已经一人一边直接将一米八的陈沐洋架了起来。

"别急嘛!有什么事不能打完球再说?"寸头男生继续笑道。

陈沐洋这才意识到有猫腻。

"同学!"陈沐洋开始大声呵斥,"请放开,你这是在妨碍警方办案!"

"什么?我听不清楚!"寸头男生将手掌摊开放至耳边,面部表情更加夸张了。

"放开!"

陈沐洋大喝一声,左手一用力,配合着脚步,将左边一名学生掀翻在地,引得本就拥挤的走廊一阵骚乱。

"来劲了是吧!"寸头男由笑转怒,表情已在眨眼间转换,瞬间挥拳相向,"给我上!"

伴随着走廊人群的惊呼,周边同学纷纷止步,让出了一个供四人扭打的空间。不少围观的学生由于离事发地点较远,视线被密密麻麻的人群阻挡,纷纷踮起脚凑着热闹。

陈沐洋躲过了寸头男生的攻击,却被后面扑来的学生撞倒。由于惯性,拉扯在一起的四人同时倒在了地上。

他清楚,当下场合根本无法施展什么,既然授意学生来拦截自己,说明计划还有后招,再在这里纠缠,后果不堪设想。

同学们,对不住啦!

陈沐洋一个侧滚,躲开了一名学生从上扑下的攻击,扑空的学生重重摔在地上。寸头男生见状正要对陈沐洋发起攻击，却在电光火石间，左脸挨了一拳，他双腿一软，晃晃悠悠地朝后退去，可还没来得及喘气，右眼也被闷上一拳，伴随着凄厉的叫声，跪倒在地。

趁敌人实力已被大大削弱，陈沐洋作势挥动双手，朝最后那人发起攻击。而那名学生比起刚才两人稍显胆小，估计是被怂恿参与的，他眼见最有能耐的两位大哥都被乖乖制服，遂双手高举，表示投降。

陈沐洋看着那名同学，撇嘴摇了摇头，向倒地两人一阵道歉。他转身瞅准方向，拨开看热闹的学生，朝教学楼的出口走去。

挤到门口，陈沐洋纵身一跃，几个大跨步跳到了大门台阶下，抬眼四望，根本不见方雾踪影。他驻足片刻，急忙迈步向学校门口跑去。刚奔出几米，却发现拐角处一辆灰色轿车冲自己急驶而来。他定睛一看，司机正是方雾！

陈沐洋张开双臂，整个人呈现"大"字，挡在道路中央。

老师若执意如此，就先把我撞死吧！

方雾看到陈沐洋拦在半路，却毫不犹豫，右脚狠踩油门，轿车发出了野兽般的轰鸣声，朝他直扑而去。伴着周围学生的惊呼侧目，陈沐洋紧绷着脸，闭上了眼睛。

二十米！十米！五米！

呼啸而来的轿车近在咫尺，陈沐洋已感到一股气浪奔袭而来。就在这时，方雾突然朝右猛打方向盘，轿车从陈沐洋旁边擦身而过，驶入了一旁绿化带，带起了阵阵泥土。方雾又赶忙朝左打回方向，轿车在绿化带与道路衔接处产生了一阵颠簸，驶回了大路。这一番S形路线由于两次拐弯过急过狠，轿车发生了较大侧倾，但最终还是控制住回到正轨。方雾切到低挡，车子扬起阵阵尘土与碎石,迅速离开了陈沐洋视线。

陈沐洋睁开双眼,像根棍子似的戳在原地一动不动。花草和泥土混杂在一起,被车子带得满地都是,清晰可见的轮胎印记裹着一股焦臭的煳味儿弥漫在空气之中。学生们纷纷聚拢围观。

人群中的陈沐洋迟疑半晌,拿起手机,拨通了在梁果家驻点刑警的电话。


"喂,是你啊!"梁果家,一名年轻刑警接到他的电话,忙躲到一边,关切着,"大哥你在搞些什么名堂?早上下发了紧急通知你不知道吗?陆队这是……"

"别管了!梁果在你们的视线范围内吗?"

"啊?什么意思?"

"梁果现在在你视线范围内吗?回答我!"陈沐洋边跑边喊,吼声与呼啸的风声夹杂在一起。

"啊,在呢,在的!什么情况?"

"我长话短说,你们一定要保证梁果的安全!从现在起一分一秒都不能离开他!"

"啥?什么叫保证他的安全?"警员微弓着身子猫到客厅角落,压低了声音,"分局通知我们人质已被撕票,目前全部重心已转移到侦缉犯人的工作上,在这里驻点的同事早撤得差不多了,晚些我也得……"

"你别管!"陈沐洋吼了起来,"其他的你都不要管,就给我保护好梁果,给我看死他,任何人来换你班都不准离开!听得懂么!"

"好好,大哥你别急,我知道了!我看好他还不行吗!这么大个人我还能让他给飞了?"

"那就好!我现在马上过来,你给我盯死了,直到我过来为止!"

"好,可是……喂?喂?"

放下了挂线的手机,年轻警员一头雾水。

绑匪恐怕早就逃之夭夭了吧。梁果的安全怎么还受到威胁啦?陈沐洋这葫芦里到底卖的什么药?

想到这里,他猛然抬起头,向梁果的方向望去。客厅中央,梁果正窝在沙发一侧,不顾形象地将手脚恣意伸展着。他闭眼沉思,仿佛处于巨大的煎熬中。

看着沙发上的梁果,年轻警员也心如刀绞,这位父亲恐怕还在祈祷自己的儿子能够平安。就在这时,他猛然想到了什么,急忙摇了摇脑袋,迅速收起悲痛的情绪,让自己保持清醒。

刚才这种感觉,是哪里不对呢?绑匪……梁钰晨……

梁果……

一阵轰鸣在他脑中骤然炸响,他呼吸急促,怔立当场。

孙澜呢?孙澜哪儿去了?


市区某大型百货商店中,一名蓬头垢面的中年妇女,正扶着楼梯栏杆,沿着消防通道,努力向上迈去。

这人正是孙澜。

憔悴的面孔,苍白的肤色,受尽折磨的她孱弱不堪。可她却一改往日的消沉,眼中燃起了些许希望。连日的折腾让孙澜脚步有些虚浮,身子颤颤巍巍,似乎每攀爬一步都用尽了全身的力气。但此时她却倚靠着扶手,仍旧勉力向上,仿佛那是通往希望的阶梯。

来到第六层,孙澜按照绑匪指示,推开了楼道中的一扇门。随着铁门缓缓打开,四周灰尘被轻轻扬起,弥漫在空气之中。她捂住口鼻,顾不上肮脏,顾不上门内的未知,毅然蹒跚着将身子隐没在了黑暗之中。

所有的希望,源于儿子手机发来的一条短信。

若想见到梁钰晨,十一点准时到世美国际商场六楼的仓库来。只能从后门的消防通道爬楼梯,若再有警察或被警察跟踪,你将失去最后一次机会!

简短生硬的语言,信息说得很模糊,却成了孙澜唯一的救命稻草。她趁刑警未留意之际,不知哪儿来的臂力和勇气,从厕所的窗户悄悄翻出,只身前来。她再也不相信警方了,比起绑匪,她甚至更痛恨警察。若没有警方介入,绑匪拿到钱,儿子早就获救。不过现在她最痛恨的,却是当初那个选择报警的自己。

孙澜脑海中不断浮现着某个画面:被绑架的儿子始终在坚持,等着父母带钱去救他。可他没有等到,只换来绑匪一句:别恨我,只怪他们报警了……

倘若梁钰晨有个三长两短,孙澜怕是活不下去了。只要能找到儿子,别说龙潭虎穴,付出生命她也在所不惜。

当视网膜逐渐适应黑暗后,她能判断这是一间约莫三十平方米大小的房间,里面横七竖八堆放了高低不一的纸箱,一股漂白剂的味道直往鼻孔里钻。现在还是早上,商场没多少人,消防通道这边更显冷清。

门口边紧急出口的标识泛着清幽的绿光,让整个房间笼罩在一片阴森的氛围中。在这样的环境下，孙澜打着寒噤，双手捂着嘴，轻轻啜泣的同时仍旧四处张望。

小晨，你在这里吗？很冷吧！妈妈来接你回家了！

突然，一个黑色身影出现在大门口，挡住了仓库内唯一的光源。

孙澜慌忙捂嘴发出了呜呜声。她瘫软跪在地上，向着那个方向发出了无声的乞求。

求你了，把我的儿子还给我！

黑色的身影徐徐靠近，清幽的绿光映照着那张脸庞，瘦骨嶙峋，鬼气森然。那是一张和自己同样憔悴的脸庞，颧骨高耸，脸颊消瘦，眼眶眍䁖得如同一个骷髅。此时的他佝偻着腰，不发一语。

孙澜认得这个人，在学校陪儿子听讲座时见过他。她望着他，疑惑中伴随着恐惧。

"方……"

还未等孙澜发出声，那人快速欺近，对她突起发难。伴随一阵剧烈的挣扎抽搐，孙澜颓然倒地，不再动弹。

# 第十章

> 我憎恨杀害悦夫的凶手。
> 憎恨那些失职的警察。
> 而我最为憎恨的,是无视凶手警告的自己。
> ——大山诚一郎《Y的绑架》

陈沐洋三步并作两步,飞似的跑到了梁果家,未待气息喘匀,抬手朝防盗门一阵拍打。

"陈警官来了!"大门应声而开,那名年轻刑警神色狼狈,赶忙将他迎了进来。房间里的同事也纷纷站起,颔首行注目礼。虽然属同级,但显然他在这群人中有着不一般的地位。

"人什么时候不见的?"陈沐洋朗声发问。

"就是跟你打完电话,我才发现梁果的妻子没在客厅,结果到处都找不到她。"年轻的警员搔了搔脑袋,面对这突来的变故不知所措。

"手机打过了吗?"

"一直在打,关机状态,再也没有接通过。"

"报告分局了吗?"

"啊,汇报了!"

"怎么说?"

"分局立即增派了同事前来调取小区监控,据说发现孙澜是九点三十分从小区后门溜出去的,那条街还没有安装摄像头……人暂时不知所踪。不过他们马上沿街道四处打听她的行踪了,相信很快会有下落。"

一定是接到了方雾的授意,不然她不会这样凭空消失。

"她难道不知道人质已经……"陈沐洋差点脱口而出,才发觉不妥,忙游目四顾,发现都是熟悉的面孔,"梁果呢?"

"得知媳妇儿不见后他可不得了,"年轻刑警表情夸张,露出了一脸窘态,仿佛憋了好大的委屈,"发疯似的要找他妻子,都被我们拦住了,在客厅叫唤了半天才消停。"

"现在人呢?"

"好不容易说服他冷静下来,他就一个人跑回卧室了,说不想看到我们。"

"卧室?一个人?"汗水自陈沐洋脖颈与背部蜿蜒爬过,"多久前的事?"

"对啊!刚进去几分钟……怎么……"

"卧室在哪里?"

年轻刑警将手怯怯指向一边,陈沐洋疾步行至门口。直接省去了敲门的步骤,右手握住门把,上下来回扳动。

金属门把冷冷冰冰,紧闭的门扉纹丝未动。

"梁先生,你在吗?请开下门!"

另外一头没有任何动静。

"梁先生!你的妻子找到了!赶紧出来确认一下!"

门后仍旧没有丝毫回应,站在陈沐洋身后的刑警个个面色凝重,有着不好的预感。

恐怕……

"来，快帮忙，给我撞开！"

随着陈沐洋一声吆喝，一个五大三粗的警员挤到了最前面，和陈沐洋对视一眼，向后退出助跑空间，一起扯开了嗓子。

"一——二——三——"

两人一齐将全身力量汇聚到了脚掌上，向着房门用力一踹。一阵木料的碎裂声，门开了。

刑警们纷纷冲了进去。

眼前的场景印证了大家的预感，一旁的窗户大开，窗前的桌面上一片狼藉，梁果不知去向。

"COROLLA"轿车飞驰在车水马龙的街道上，在前后车辆的夹缝中不断鸣着喇叭，左右穿插。

"我已按照你的指示，甩开了所有警察，再也不会欺骗你了……我求你了！千万不要再伤害我的妻子！"

后视镜中映着一张中年男人的憔悴脸庞，他左手稳着方向盘，右手拿着电话，带着乞求的口吻不断应答。

电话那头，声线嘶哑而低沉，没有一丝情感。

"这是你最后的机会！"

"发现了梁果的手机信号，正处于通话状态，与他车上的追踪信号一致。"

指挥中心大屏幕前，一名刑警转头朝着后方同事说。

话音刚落，陆洪涛和身后的刑警簇拥过去。陈沐洋也在后面紧盯屏幕,未发一语。

"目标正从富华南路往东边移动,梁果极有可能是驾车行进!"坐在大屏幕前的刑警头戴耳麦,对身后的同事说明。

"车上的监控能打开吗?"陆洪涛发问。

"已经失去信号,应该是被破坏了。"一旁的男子急忙补充,那是某个在梁果家驻点的年轻刑警,"不过上次交付赎金时已在他车上放置发信器,这玩意儿很难发现并拆除。现在根据发信器和手机信号双重追踪,目标跑不掉。"

"通知就近警员,全体对目标进行——"说到一半,陆洪涛突然打住了话头,神色转为亢奋,"小杨,赶紧查一下与梁果通话的号码是多少?能否搜索到对方位置?"

刑警双手急忙在键盘上一阵翻飞,转身露出了兴奋的神情。"找到啦!"

"什么情况?"

"另一头根据信号解析,是尾号为4890的手机号码——"

"是梁钰晨的手机!"陆洪涛近乎干吼,右手中的铅笔早已应声折断,握住两截断笔的拳头仍旧不住颤抖。他脸色悻然,怒瞪双眼,那里几乎要喷出火焰一般。

"方位在哪里?"

"城东郊区一带基站发出的信号,中心点应该在望星山附近。"

显然绑匪在指示梁果,要求他朝自己的方位移动,并在望星山附近会合。

好家伙,总算逮到你了!

"很好,继续保持对两边信号的关注。"陆洪涛盘算着对策。他转身望向所有刑警,整张脸憋得通红,拍着双手,"全体注意!四组对梁果驾驶的车辆实施暗地跟踪。记住,绑匪冷血残忍，孙澜极可能已经变成新的人质，在不丢掉目标的情况下切忌打草惊蛇！其他一、二、三组，全部跟我来！以最快速度包围望星山，出发！"

在场每一位刑警面部紧绷，再次焕发出高昂的斗志。这一次，绝不会再空手而归！

与之相反，陈沐洋的脸色却凝重起来。

目前梁钰晨已遭不测，孙澜也凶多吉少，可方雾意图复仇的主角——梁果却仍在警方的监视范围内。如果方雾打算用家属的性命威胁，迫使梁果听命于他，计划显然难以成功。眼下梁果看似摆脱警方，实则被暗中保护，试问方雾如何能够得逞？相反，方雾若想报复甚至谋杀梁果，机会应该很多，他为何本末倒置，布下如此复杂的局？

一切只有一种解释。

打一开始，先入为主的陈沐洋就认定方雾绝不会触碰法律底线。哪怕后来知道真相，也清楚他的复仇目标是梁果，梁钰晨暂时性命无虞，所以一直旁敲侧击，希望能化解恩师心中的仇恨。只要不伤害人质，结合过往情节，主动投案，相信能为方雾争取到缓刑。

陈沐洋敢如此尝试，是基于方雾对梁果实施谋杀，无异于自投罗网这个前提，知难而退是最好的选择。同时陈沐洋在得知当年真相后内心也产生了动摇，甚至掺杂私心，他希望赶在声纹分析结果前找出梁果害死方雾妻女的证据。哪怕不能改变什么，也算在方雾被逮捕前还他一个公道。虽抱着如此打算，可整整一个晚上，他几乎没能合眼，总觉得哪里不对，却又毫无头绪。

直到今天，一系列变数才令他恍然大悟，回溯到了那个不自然的地方：绑匪从未让梁钰晨与家属通上电话。起初百思不得其解的问题现在终于有了合理的解释：早在绑架当天，那个孩子就已永远失去了在这个世上的声音。

绑匪的第一通电话是于十八日凌晨一点打来的，由此推测人质在十七日恐怕就已经被残忍杀害。方雾为了不留破绽，根本就没有给这个家庭留下任何机会和希望。他在第一时间将人质灭口，再慢慢对梁果进行折磨。如此布局，根本不是为谋杀梁果，而是将杀意指向他的家人。通过切下无辜之人的肢体，让那个人生不如死！而方雾之所以没有选择直接谋杀，是因一旦杀害梁钰晨和孙澜，那么警方势必对嫌疑人的谋杀动机产生巨大疑问，循着自己先前的思路，查出方雾妻女被梁果害死只是时间上的问题，进而可以锁定方雾的嫌疑。所以他大费周章采用了"红鲱鱼"策略，导演了一出绑架交付赎金失败导致人质死亡的案件。因为一旦梁钰晨被认定是在绑架过程中被不幸撕票，那么警方就不会对绑匪背后真正的动机进行深究。

方雾为了掩盖动机，用心竟如此险恶。最残忍的是，祸不及妻儿，这是种近乎病态的复仇方式。当下，被仇恨蒙蔽双眼的他早已不是一个人民教师，而是个冷血残忍的疯子。


四组组长带着组员，紧跟着梁果的轿车。

"陆队！我们已经跟住了梁果驾驶的车辆。可以勉强看到车上就他一个人，似乎还在打电话。"四组组长坐在副驾驶上，拿着手机进行着汇报。

"别跟丢就行，千万不要让梁果发现，我们也马上抵达望星山附近，有情况随时汇报！"

"明白，陆队！"

刚放下手机,一股强烈的力量便将四组组长紧紧按在了座椅上。

"目标突然在前方绿灯最后几秒加速了,果然还是想甩掉我们!"警车驾驶员是一名戴眼镜的男子。他微侧着脑袋看了看毫无准备、后背紧贴椅背的上司,抱歉地解释。

"没事,跟上!注意保持距离。"组长看了看梁果的轿车,又拿起了对讲机,"二号车、三号车你们不用闯红灯,我的车已经跟住了目标,你们过了红绿灯直接找准我的坐标跟上即可。"

"跑不了的!"开车的刑警镜片背后透出一股自信,"就是GT-R①,在市区里也逃不掉!"

眼镜刑警一阵熟稔的操作,警车排气管发出阵阵低沉的嘶吼,紧跟目标而去。

不一会儿,随着梁果车速放缓,后面两辆警车也赶了上来。他们一路尾随,来到了一个通往地底的停车场门口。

这是梁果每天上班的地方。

由于停车场是电子杆控制,并且只对内部员工开放,三辆警车被拒之门外,在入口处沿街道排成了"一"字。

"目标已驶入了梁果单位的停车场,坐标显示车已停住,由于是电子起杆控制,只对内部员工放行。是否需要我们和安保人员进行交涉并进入?请指示!"

"我是陆洪涛,密切关注坐标动向,同时守住出入口,不要贸然进入,以免造成对方警觉。完毕!"

"二号、三号车辆注意!关上车窗,保持警戒,密切关注出入口,没有我的指示,切勿轻举妄动!"

---

① GT-R:日产汽车品牌下一款高性能大马力跑车。

组长放下对讲机,伸出了脑袋,环视车辆四周,搜寻着可疑人员。

这时,他将视线停在了右前方的停车位上。有一辆私家轿车正停在那里,车窗隐私膜后面,隐约看出有个人影的轮廓,似乎正紧握着方向盘。

"咦?"组长用手碰了碰眼镜警员的手臂,"那里……我记得刚才没有停车吧?"

"啊?我……没注意到呢!"

"是吗?那辆车你有印象吗?好像是……"

话语间,却听见车后一阵鸣笛声由远及近。一辆交警巡逻车缓缓驶来。

倒霉!偏偏这时遇上了交警。

巡逻警停好了车,向警车这边信步走来。

"您好!这里是不能停车的,请出示行驶证和驾驶证!"戴着墨镜的交警对摇下玻璃窗的组长敬了一个标准的军礼,严肃地说道。

"不好意思警官,"组长一脸笑意,随即压低了音调,"同志,我们是城东分局刑侦队的,正在执行任务!"

交警的表情没有任何变化,确切地说是看不到墨镜背后的眼神。

"请出示车辆行驶证和驾驶证!"

面对铁面无私的交警,组长一脸无奈,偏偏今天出警匆忙,将刑警证件放在了分局里。

"你的证件呢?"组长转头看向眼镜刑警,眼神里满是求助。

眼镜刑警一脸错愕,手忙脚乱地在车内一阵翻找。"证件,证件……在这里……不是……哪儿去了……我记得……呃……"

随后朝他投来了抱歉的目光。

"不好意思,请熄火下车!出示你们的行驶证和驾驶证!"

组长咂着嘴,暗道不好。连日与绑匪斗智斗勇,让分局每一个人都不敢对这次行动掉以轻心。对于丧心病狂的歹徒来说,任何一点暴露警方行踪的举动都可能让他狗急跳墙,再次犯下命案。

就在这时,一阵轰鸣声进入了众人的耳畔。他们右前方的那辆白色轿车突然在停车区域原地烧胎启动,有如脱缰的野马,朝着停车场入口冲去,将标有"电子起杆,损坏照价赔偿"的栏杆撞飞到一边。车没有停下来的意思,朝着停车场深处疾驰而去,消失在众人眼前。它如一颗钻入水中的白色鱼雷,拖着长长的尾音,渐行渐远。

所有刑警目瞪口呆,不知所措。

"那辆白车……好熟悉!你有印象吗?"组长呆呆地问一旁的眼镜刑警。

"好像……是陈沐洋的车。"

"他不是二组的吗?怎么没去望星山那边?"

"啊……不知道啊!"

"那小子到底想干吗?"


望星山与停车场的两个坐标毫无征兆地保持静止,让陈沐洋感到事态变得复杂。擅自行动本就要接受警队处分,独自冲进停车场更直接违背了陆队命令。可他早已全然不顾,无论孙澜和梁果能否平安,他都打算引咎辞职,并承担一切后果。

停车场是智能灯光控制,陈沐洋的车每行至一片区域,头顶的感应照明灯就宛如舞台的追光灯一般，将车子映照其中。最终，陈沐洋在负二层的东南角一侧，找到了梁果的车子。

车上空无一人，只留着一个保持通话的手机。

陈沐洋游目四顾，不见梁果的踪影。他缓缓拾起手机，贴在耳边。

"喂？"

他期望能听到那个人的声音。

电话那头十分嘈杂，不时传来"在这里"的呼喊。很快，一阵刺耳的摩擦声传来，似乎是有人拿起了手机。

手机那头的人清了清嗓子。"我是城东分局陆洪涛！梁先生你在吗？我们找到了你儿子的手机，可并没有发现犯罪嫌疑人。你为什么要甩开警方？绑匪联系你到底说了些什么？喂？梁先生你在听吗？喂……"

可恶，中计了！

周围的一切如同化作空气般消失得无影无踪，只留下了两个保持通话的手机，安静地躺在两处，嘲笑着大家的窘状。手机被扔到一边，陈沐洋懊恼地将头撞向方向盘中央，刺耳的喇叭声打破了停车场的宁静。

手机突然震动，是先前在梁果家驻点的年轻刑警打来的。

"喂？"

"喂！上回你让我调查方雾的租车情况……"手机中的声音带着急促的喘息，"他的确租了车！但今天老板又跟我打电话确认，说方雾不止租了一辆，而是两辆车，都是他一个人租的！"

胸腔仿佛瞬间被抽空，他再一次对自己慢了半拍的反应感到懊恼。

方雾显然清楚梁果会被警方跟踪，早已在停车场内提前停放了另外一辆租来的车。因为警方必定会将重点放在望星山处，凶手未被拘捕前，绝不会明目张胆地控制梁果的车辆。归咎于此，当梁果驾车开入只有内部员工才能进入的停车场时，担心打草惊蛇的警方只得在门口蹲守。方雾正是利用了这一点，指使梁果将手机放在车上佯装继续通话，并让他换了另外一辆车，光明正大地从警方眼前驶出。

"另外一辆车的车牌尾号是'9059'！"

陈沐洋挂断了手机，这时三辆未喷涂标示的警车在他的面前停下。

"陈沐洋！"四组组长发着飙，"你到底知不知道在做什么？"

"可能已经来不及了……"陈沐洋面色凝重，抬起了头，"赶紧联系指挥中心，动用市区天眼监控，锁定一辆车牌尾号为'9059'的轿车！"

"什么？你到底在说什么！"

"梁果就在那辆车上，'9059'的轿车，马上进行锁定追踪！快！"

逼仄的楼道口破败不堪，阳光从窗外挤进，勉强维持着室内的可见度。周遭隐约传来的阵阵嘈杂，也难为这栋废弃的教学楼带来丝毫生气。青苔混杂在满地的垃圾中肆意生长，四处墙壁如蜕皮般遍地剥落，空气中飘着一股霉味儿，氤氲着残破的气息。不同于窗外的喧嚣，这片被遗忘的空间沉浸在异样的静寂中。

方雾背倚窗框站立，身躯一侧沐浴在阳光之中，轮廓在逆光下显得模糊不清，与周遭的漆黑融为一体。在他面前，光源无法探及的楼道深处，那里已被黑暗充斥，如同连接无尽的未知与虚无。他双眼正死盯着那里,深深呼吸。

方雾清楚此时他已彻底暴露,事态再无回旋的余地,他长叹一声,反倒轻松不少。数天前,一切都是从这里开始。故地重游,他不免又想起两人的对话……

——如果有一天,你发现一切都变了,法学并非你原本理解的那样,你会后悔吗?

——我不后悔!

整个专业里,梁钰晨向来是自己认为最出色的学生,想到再不能听到那个孩子的声音,此刻的方雾不禁紧闭双眼,有些惋惜哀伤。为了复仇,他还是走到了这一步。虽说陈沐洋这个小插曲是他始料未及的,不过一切已经无法改变,从停车场追踪到这里的时间,足够他为本次事件画上一个完满的休止符。

罪恶终将受到审判。梁果,必须让他同样作为被害人家属,感受无助,体会绝望。最终,他将亲自为犯过的错赎罪。

面对眼前无尽的黑暗,面对前方未知的虚空,方雾竭力对峙着。在无法回头的道路上,他早已习惯只身面对。

"哒——哒——哒——"

略带沉重的脚步扬起了地面阵阵尘埃,也打破了楼道内的静谧,更奏响了事件最后的高潮。他再次睁开双眼,凝视着那一片黑暗,瞳孔聚焦着即将现身的人影。

那个让他恨之入骨的人。

那个人拖着灰暗的影子,赫然出现在他的眼前。

那同样是一双充满绝望,饱含怨恨的眸子。

不!是两双同样的眼睛,都将对方的痛苦,毫无保留地映入了自己的瞳孔。

\* \* \*

警方在包围布控了望星山一带后,以梁钰晨的手机为圆心,向四处搜索,终于在山腰找到了一口枯井。井深十米有余,是一处极好的藏身之所。同时,从井边残留的痕迹分析,近日有人通过绳索上下攀爬。

一名特警配备了升降绳索和手电等装备,壮着胆子缓缓下降。到了井底,他打开手电,扫视四周。让他始料未及的是,这口井不仅上小下大,井底一侧竟有一处人为开凿的空间,被一扇铁门阻隔,从井口处显然难以发现。忽然,他感到脚下一陷,踩到一个柔软的东西,他连忙将手电的光垂至脚边。

在强光下,一只被切断的手掌赫然出现。更让他吃惊的是,这只断掌上的五根指头早已不翼而飞,乍看如同一个四四方方的肉块。

"报告陆队,这里是井底,发现疑似尸块!初步判断为男性手掌,手指已被完全切除……"话音间,特警将目光抬起,注意到了更为惊人的东西。不过多年的职业素养令他迅速镇定,"井底还有一扇密闭的铁门,是否爆破进入?"

"立即进行爆破,有情况随时汇报!"

陆洪涛眉间如田埂一般隆起,他死死攥着对讲机,下达了命令。此时周围的刑警将他团团围住,大气都不敢出,无线电对讲也沉寂了。杀人分尸这般残忍的行径在每个人脑海中弥漫,空气也变得凝重起来。

偏就在这个节骨眼儿上,他察觉一旁有人不断拍打他的手臂。陆洪涛用余光瞥了一眼,是二组的一名刑警,神色严肃地说:"孙澜被我们找到了。"

"什么!在哪里?"陆洪涛的脸骤然压了过来,气息直接喷在了刑警脸上,"人有事儿没?"

就这当口,手中对讲机再次传出了声响。

"确认了,在井底的,是梁钰晨……"


"你是……方雾?方院长?"

呆立良久,梁果还是戳破了室内的寂静。他大张着嘴巴,对眼前这个人的出现感到意外。

"是我。"方雾面无表情,注视着他,缓缓说道。

"是你绑架了我的儿子和妻子?"

方雾没有理会,径直问道:"跟踪你的警察呢?"

"按照你的指示,我一直保持通话。在停车场已经甩掉他们了。"

本打算与绑匪拼个你死我活的梁果此时心情变得微妙,似乎还在消化整个事件的来龙去脉。湿气从地面一点点侵入身体,他微微打着冷战,字斟句酌,唯恐眼前这人对他抱有一丝怀疑。孙澜失踪后,他才得知儿子的情况,还来不及悲痛,就对妻子即将遭到的危险产生了巨大恐惧。而当收到孙澜被控制的消息那一刻,他就已完全听命于这个丧心病狂的疯子了。

已经失去儿子,他不能再失去妻子了。

"这么说你是承认了?你果然报警了!"

"啊,我……"

"回话!报警了吗?"

"我,我……"

"最后问一次!考虑好再回答,到底有没有报警?"

虽不同于电话中经过变声器处理的声音,可这个语气,让梁果确信方雾就是绑匪。

"报……报警了!"他支支吾吾,但迅速反问,"我妻儿到底和你有什么过节,你要这样?!"

"为了钱。"

"钱?你!到底……"

"电话中难道没有告诉你吗?二十五万元现金!"

梁果感到一阵错愕,眼前这位大学教授,会为了二十五万铤而走险吗?但此刻的他在悲愤中也失去了分析能力,只要妻子还活着,这一点点积蓄又算什么。

"我给你!我给你啊!"梁果带着乞求口吻,仿佛从灵魂深处发出了呐喊,"多少钱我都给你!求你了!千万别再对她……"

方雾瞪起双眼,脸庞骤然变得狰狞恐怖。

"可是你已经报警了!就算我拿到钱,能逃得掉吗?"

梁果一身冷汗,他早就考虑过这个问题。无论凶手如何高明,调虎离山,至多避开警方片刻而已,根本无法逃过层层收拢的包围。既然他已经走投无路,那他会不会……

"是你害死了我儿子,还砍掉了他的手指,警方现在全城通缉你,我也没办法!"梁果第一次抬起了头,口气似无奈、似辩驳,更带着巨大的悲痛和愤懑。

"是你先报警的,不报警我也不会这样。"方雾扭曲着整张脸,声音随即转厉,"你的儿子,妻子,都是你害的!"

都是你害的!

厉声呵斥如炸雷一般,让刚燃起一丝愤怒的梁果哑口无言。他怔立在场,脸色煞白。

扑通——

梁果跪在了方雾跟前。

"是的，是的，都是我的错！我求你……"梁果将额头咚的一声，撞向了潮湿的地面，声泪俱下，磕起了头，"我求你了，都是我的错……是我不好，放了我妻子吧！求你了！"

"你承认犯错了吗？"

"是的……都是我的错！要我怎样都行！"

"怎样都行……什么条件都能满足我吗？"

"只要别再伤害她，什么我都答应！"

方雾眼中，跪伏着的梁果紧紧贴在地面上，如同一个做了错事的孩子，等待着大人原谅。

这一幕，方雾等了好久。他凝神屏息，缓缓吐出几个字，仿佛用尽了最后一丝力气。

"我要你死。"


车牌尾号为"9059"的轿车踪迹已被寻获。原来梁果来了个一百八十度大转弯，朝着相反的城西方向驶去。经过市交管局调取沿途摄像及出具的踪绘图，该车辆的在驶入华新路后才离开了所有人的视线。不过陈沐洋清楚，他的目的地显然是华南政法大学。警方向校保卫处去电，校方已开始对校园内外进行排查。这时陈沐洋油门已踩到底，车辆也拉响了警报，同四组一行车在城市道路上奔驰，朝华大方向呼啸而去。

可能已来不及了……

在如此严密的部署下，方雾仍处心积虑地同梁果见面，显然不再打算继续隐藏，势必做好了鱼死网破的准备。每过去一分钟，梁果就多一分危险，所有人都在与时间赛跑。可不巧的是长福路出现了严重的堵塞，车辆只得匍匐前进。陈沐洋双手不停在方向盘上来回搓动，心急如焚，感觉整个人都烧了起来，而一旁手机的响声偏偏还在煽风点火。

他一把抓过手机，口气极不耐烦："喂，我现在没空解释——"

"喂，陈哥，你可算接电话了！先听我说……"手机的另一头是那个年轻刑警，似乎十分着急，"找到了！梁钰晨和孙澜都被我们找到了！"

"真的？"陈沐洋将停滞不前的轿车挂回 N 挡，心被逼到了嗓子眼儿，"哪里找到的？孙澜怎么样？她……"

手机那头的刑警咽了一口唾沫，似乎酝酿着该如何讲述毛骨悚然的事实。

啪——

一把近一尺长的水果刀被丢在了梁果身前，触地刹那发出了刺耳的声响。它犹如一只狰狞的怪物，趴在地上瞪着梁果，似乎随时都会朝他扑去。

梁果试探着伸手碰了碰，最终还是颤抖着握住了它。犹豫半天，再次抬头望向方雾，似乎在等待最后的指令。

"只要我死……你能保证放过我妻子吗？"

方雾沉默着没有回答，兀自深吸一口气，神情逐渐黯淡。

"已经来不及了。唉，对不起，真对不起……"

方雾面部肌肉变得松弛，轻声喃喃自语。莫名的举动被梁果看在眼里，他的心瞬间沉到了谷底。

"什么……来不及？你……为什么要说对不起？"梁果垂下了手中的水果刀，却又激动地不自觉攥紧，声音带着哭腔，"说话啊！你为什么要说对不起！我……我死还不行吗？求你了！我死,我现在就死!"

"对不起。和你儿子一样……"方雾淡淡说道,每一字句却坠如千斤,压在了对面那人身上,"手法都一样,几乎没有痛苦,都是死后才进行肢解。弥留之际,她还喊着你和儿子的名字……"

啪——

梁果手中的水果刀掉落在地。他还是等到了这个结果。

妻子,儿子……都已经……

"你……骗我。你骗我……不会……"

梁果僵如枯木,喃喃自语,数小时内发生的事正层层击穿他的心理防线。儿子的不幸,数日来他早有预感,他早已逼着自己鼓起勇气去接受最坏的局面。作为父亲、丈夫,他不能绝望,他还肩负着保护妻子的责任。如今又突然失去妻子,他如何都不能相信。

梁果继续愣在原地,企图忘掉今天发生的一切,可内心涌起的点滴片段却不受控制,慢慢扩散开来。一家三口曾经的画面逐渐蔓延,悲恸的情绪瞬间排山倒海一般袭来。

恍惚中,他听到妻子与儿子正呼喊着自己:

——老公,今天还要加班吗?早点回来吧!我炒了好多菜,今晚有个综艺节目陪我一起看看吧。

——爸爸,作业都写完了,可以出去玩儿了吗?我都好久没有出去玩儿啦!

最终,瘫软在地的梁果痛不欲生。一个男人撕心裂肺,哭得像个孩子。悲恸的呼喊让整个楼道微微颤动。

方雾冷冷旁观着一切,神情不自然地扭曲,嘴角也轻轻抽搐。眼前的梁果竟与曾经的他如此相似。

曾经那个无助、绝望、悲愤的自己就在眼前。

一切都发生在这个阴暗的室内,这个破败的环境,这个被遗忘的空间。两个男人的处境虽判若云泥,人性却殊途同归。失去至亲至爱,人的痛苦是这般相似。

方雾内心深处不禁泛起了一丝悲悯,可他也分不清这样的情绪是可怜梁果,还是在怜悯自己。

一切都会结束。很快,你和我的痛苦,都会结束。梁钰晨,孙澜,现在轮到你,很快就能解脱。

"为什么!"梁果缓缓拾起目光,射向方雾,双眸猩红一片。这样的眼神方雾再熟悉不过,是自己曾在镜子前的样子,是极度渴望复仇的目光。

"没有为什么。"

"为什么!"

梁果瞪大双眼,不断发出野兽般的咆哮,将地上那把水果刀死死攥在了手中。与此同时,方雾将右手揣进裤兜,将某样东西轻轻捏住。

看着眼前这头发出低吼,随时要扑向自己的野兽,方雾面部肌肉缓缓抽动,慢慢呈现出一抹不自然的笑意。

这样的表情,只出现于猎人即将捕获猎物的瞬间。

---

"两人都平安无事!"

"太好了!"陈沐洋将身体重重靠向椅背,长舒一口气,似乎这是今天唯一的好消息。他调整片刻,稍感不解,"早上梁钰晨的断指……活体检测不是已经……"

"不!我们全都错了!你可能无法相信,"年轻警员语气中透着对未知的恐惧,"断指压根儿就不是梁钰晨的!找到的梁钰晨,他左手的五根手指,全部完好无损!断指还待进一步送检,DNA鉴定结果也没出来。当时那种情况……谁都没去质疑……但太奇怪了……你说这些断指又会是谁的呢?"

多出来的手指……会是谁的呢?不是梁钰晨的,更不会是梁果孙澜的。那么,多出来的手指……

一股奇怪的力量将陈沐洋的大脑紧紧包裹。朦胧中,仿佛有个声音叫住了一直拼命奔跑的他,并引导他转身回头,似乎苦苦探寻的真相在相反的方向。

"现在比对孙澜和梁钰晨的指纹显然没有意义,所以我偷偷试了试……"电话中的声音从密密麻麻的思路中透了过来,"才发现断指上的指纹居然和前天你给我的其中五枚完全匹配,你到底是从哪里提取的?那个人究竟是谁?"

就在头顶交通信号灯切换到绿灯的瞬间,一个炸雷劈进了陈沐洋的脑海。一时间,他感到天旋地转,整个头皮如同过电般抽搐麻痹,并迅速奔窜全身。在后方传来的一片喇叭声中,昨日与方雾的那些对话越来越清晰,让他全身泛起了鸡皮疙瘩,每一根汗毛都竖了起来。

你没有体验过这样的痛苦……没有亲身经历,永远无法体会其中的绝望。当人失去了一切,妻子和孩子都遭人毒手,才明白原谅这句话有多么苍白。

方老师也想放下,这样下去只会将自己逼上绝路。我控制不了梁果的仇恨,他失去家人,复仇将是唯一的选择……

梁果对我法外复仇,当然不是正义,必将受到神明的制裁。

神明不会饶恕任何人!梁果一定会被惩罚,犯了罪,每个人都会得到应有的制裁!

近在眼前的真相被悉数忽略!

连日来的绑架案件、赎金交付、撕票、肢解乃至孙澜失踪都是骗局。方雾的真正目的，是让此时仍蒙在鼓里的梁果以为家人已被残忍灭口，促使他在悲愤中萌生杀意，对自己复仇，犯下杀人罪行!

把警方全部支开，就是为了创造这个机会。整个事件中，方雾从未违背信仰，更没有伤害任何人。他自己，才是整个计划唯一的被害者，而真正的凶手，是梁果!

唐弦静静坐在阳台，远眺着城市另一头，两道茂密的黑眉紧紧皱起，在眉心连成一线。

鹭巢诗郎的音乐《Who Will Know》充斥整个房间。旋律低沉悲悯，令人窒息。

黑就是白，白即是黑。施害者，其实是被害者……被害者，亦将成为施害者……

根本就没有什么完美犯罪，精通法学更无法当作免死金牌。活着的方雾，法律始终是他无法逾越的屏障。放弃生命，以血肉之躯造梁果"犯规"，公检法却成了他复仇的工具。

疯子……一个除了理智，一无所有的疯子。

唐弦并未将真相告知陈沐洋。在他看来，一个人对信仰与仇恨究竟执着到何种程度，才甘愿放弃生命？纵然能提前洞悉方雾的诡计，却无法否定他的选择。为此，唐弦连夜向检察机关准备好了相关工作失职的汇报材料。

当然，事件也存在另一种变数。若梁果放弃复仇，方雾兴许能捡回性命……可如此一来，计划也将彻底失败。梁果完全清白，触犯法律的反而变成了方雾，两人处境也将倒置。对方雾来说，这比死还难受万倍吧！

唐弦不断权衡，置身事外或许是最好的选择。

不过，当昨晚第一次见面时，就知道方雾已经"赢"了……

当时，方雾的左手肘空空如也，几圈粗陋包扎的纱布浸着殷红的血渍。唐弦这才想起，先前在门口处面对自己伸出的左手，对方拒绝握手并始终将手揣在兜里的真正原因。

"你砍下了自己的左手，冒充梁钰晨，以此'威胁'梁果？"

"不单单是威胁。我砍下整个左手，但只寄手指，这样梁果就不得不接受儿子被残害致死的现实。"

"什么？"唐弦倒抽一口冷气，他虽清楚方雾的目的是燃起梁果对他的仇恨，但仍未料到他会破坏自己的身体来布局，"所以你才将手掌一并……"

"是的。"方雾朝盥洗台上盛放断肢的容器看了看，不带一丝情感，仿佛叙述着再简单不过的逻辑，"先将手掌斩下，待离开躯体的断掌失去生命体征后，再将手指切下，家属收到的断指便不会有活体反应了。只要断掌没被找到，法医自然也会先入为主，认定断指'主人'绝无生还可能。"

唐弦霎时明白，为将骗局做到极致，眼前这个男人已抱着必死的决心，一切劝说都显得苍白无力。仇恨，让人不顾一切。方雾如此，梁果亦将如此。

屋内的歌声继续吟唱，跨越了空间的限制，飘荡在整座城市的上空，奏出了事件最后的乐章。

\* \* \*

赶到学校的警方找到了尾号为9059的轿车。车停在一栋废弃教学楼旁的停车场内，刑警在破旧的楼道中向上搜索。来到三楼时，在场刑警个个舌抍不下，毛骨悚然。只有陈沐洋低头扭曲着脸，闭上了双眼。

太晚了⋯⋯

众人眼前，浑身是血的梁果瘫坐在地，带血的水果刀也被丢弃在一旁。他双目圆睁，嘴巴大张，伸出的右手僵在半空，惊恐万状地指向窗户，仿佛世上最可怕的东西就在那里。他整个人如癫痫发作似的不住抽搐，嘴角流淌出恶心的涎水，带着急促而惊惧的喘息，不停念叨。

"手指呢，他的手指呢？不⋯⋯这个人为什么连手都没有⋯⋯"

刑警们顺着梁果所指的方向望去。窗户下，匍匐着一具躯体，悄然隐匿在阳光的死角处，与此处的破败融为一体。

环顾四周，走廊到处沾染着喷溅而出的血迹，受创那人显然早已毙命。令众人愕然的是，死者一旁丢弃着一只仿真硅胶手套，而他左手肘关节以上的肢体早已不知去向。光秃秃的手肘缠着洇红的纱布，冷漠地凝视着在场刑警，更嘲笑着梁果全身沾满血时的滑稽模样。

"他到底是谁？到底是谁⋯⋯为什么没有反抗？那个女人⋯⋯我⋯⋯我杀人了⋯⋯我又杀人了⋯⋯"

梁果继续在原地颤抖，喃喃呓语。

大家这才反应过来，然后有条不紊地行动起来。拉警戒线、呼叫救护车、汇报上级⋯⋯

陈沐洋没有参与其中，他向方雾的遗体望去。方雾的右手仍保持着临死前的姿势，指尖仿佛曾小心翼翼捏着如相片一类的物品。跟自己猜测的一样，原先左手佩戴的那枚戒指，已被换到了右手无名指上。而就在几小时前的教室中,这只右手还在他眼前不断晃动。如此明显的线索,当时却被完全忽略了。

陈沐洋将目光收到脚边,弯腰将梁果跟前的一样东西小心拾起来。那是一张旧照片,虽已被血渍浸染,仍能清楚辨认照片的内容:一身白色连衣裙的女子,背影跃立在蓝花楹下。微风拂过了树叶和女子的秀发,她回过头来,仿佛正欲诉说……

"四组报告陆洪涛,找到梁果。还活着!只是受到了惊吓!"一片忙乱中,组长惊魂未定,正向队长进行汇报。这时,一只手轻轻搭在了他的肩上。

"受害人,已经死了……"

## 第十一章

由此可见,我们都是潜在的杀人犯。

——阿加莎·克里斯蒂《帷幕》

市中级人民法院门口处有一个报刊亭,展架上罗列着各大报社的杂志报纸。其中,《华南都市报》与《华南晚报》一向势同水火。两家报社在该市均有极高的市场占有率,属直接竞争关系,从报纸的两篇截然不同的头条版面即可见一斑。《华南都市报》扉页的几个大字颇为醒目:《信仰的殉道者》。《华南晚报》卷首则印着两排加粗的标题:《法律的漏洞?利用规则的犯罪!》。

一名运动装扮、身材结实的男子从报刊亭前跑过。他双眼平视前方,对周遭的热闹与浮躁全然不觉,矫健的四肢不断挥动,经过的地方掀起一股风,将摆放在靠近人行道一侧的报纸轻轻带起。

那次事件已过去半月有余,陈沐洋内心仍无法平静,一切仍盘桓在他心中无法散去。整个事件中,因陈沐洋存在知情不报的过失,分局对其做出了停职待岗三个月的处理。不过,这对陈沐洋来说反而成了一件好事。他索性与外界隔绝开来,不问世事。

电视报纸对"方雾事件"争相报道,各路媒体的声音此起彼伏,连街头巷尾的广大市民,也参与了热烈讨论。面对铺天盖地的报道,陈沐洋颇为排斥,甚至有些逃避。他开始疯狂运动,早晨外出跑步,到了中午才回家,天天如此,企图通过剧烈的运动分散注意力。

这天中午,他再次汗流浃背,喘着粗气回到小区。

"喂,小沐!"

小区的门卫大爷喊住了陈沐洋。时间来到五月,南方已开始酝酿着燥热。只见大爷摇着蒲扇,正怡然自得地坐在门口。他斜斜仰望着陈沐洋,刺眼的阳光使其眯起了双眼。

"怎么啦,龚叔?"陈沐洋伸出手指将衣襟捻起,使其与汗津津的身体慢慢剥离,来回扇动降着温。

"最近看你天天跑出去运动,不上班啦?"

"没有……"陈沐洋有些敷衍,仍挤出笑容,"没事,工作太累了就请假休息一段时间。"

"得了吧!"龚叔收起笑容,一脸严肃,"跟那件案子有关吧!"

"只是前段时间太累了,想放松一下。"面对来自各方的"关心",陈沐洋依旧一副避而不谈的态度,"真没事儿!"

"看得出,你确实没事儿,"龚叔轻轻晃了晃脑袋,板起了脸,"你媳妇儿可替你操心啊!"

"啊?"刚想借口抽身,陈沐洋又将身体重心移回。

"一看你就不关心你家媳妇儿!"龚叔一脸坏笑,"人家可是每天下班都来我这里问你的情况,几时出门几时回来,还嘱咐我千万别告诉你。哼,让我保密。咱可看不下去!"

陈沐洋这才明白一切，面露愧色。

"小沐我告诉你，"龚叔的脸色变得柔和，"咱也是过来人，听龚叔一句劝，没啥大不了，一切得向前看！年纪轻轻这么阴郁干什么？要珍惜眼前人啊！"

陈沐洋将目光投向龚叔的左手，无名指上戴着一枚不起眼的戒指。

"对了，光说她了，差点忘了……有封寄给你的信。"

"信？谁寄的？"

"不知道。"龚叔招了招手，示意陈沐洋靠过来，"你小子不老实呀，居然外面有人了！"

"啥？"

"嘿，还在这儿揣着明白装糊涂！看你怎么感谢我，这件事我对肖依婷可是只字未提！"

陈沐洋呆在原地，被弄得莫名其妙。

龚叔咂着嘴："那封信啊！没署名寄件人，但收件人分明写的是小王子陈沐洋收！还小王子，啧啧啧，真肉麻。哪里招惹的野花野草咋不跟我絮叨絮叨……"

"小王子……"陈沐洋不解地自言自语，猛然间想到了什么，脸色霎时大变。

"信在哪里？！"

他如触电一般，那架势吓得龚叔收起了笑容，正经不少。

"在的在的！就在值班室里面。别激动，这件事一定替你保密……"

顺着龚叔下巴所指的方向，陈沐洋冲进了一旁的值班室。他迅速扫视桌面，一个白色信封映入了眼帘。他拿起信，用手捻了捻，似乎挺有分量。

陈沐洋快速冲回家中，顾不上全身的汗渍，来到窗台边。在阳光的抚慰下，他小心翼翼地将信拆开。满满几十页信纸，苍劲有力的字迹，将事件的最终答案完整呈现在了陈沐洋的眼前。

小王子，你好！

很荣幸能与你有一段师生之缘。虽然短暂，但也足矣。连日来发生的林林总总，方老师在这向你正式道歉。

或许你已经知道了本次事件的始末，但我还是决定将来龙去脉做一个详细交代。遗憾的是，我无法当面告诉你。纵使最后几日，我们一起吃饭、打球、交流，有那么几次我想道出一切，还是忍了下来。写信给你，也是能够想到的唯一办法了。

一切从何时写起，从何处开始，我也没头绪。

我从小成长于平凡的家庭，父严母慈，都是普通的厂区工人。年幼时，我常坐在父亲上班的"凤凰"牌自行车上，妈妈则坐在后座。伴随着自行车的"叮叮"声，我们绕过丘陵小山，在田野崎岖的小路间行驶，约一个小时才到厂区。日出而作，日落而息，下班后再沿原路返回。夕阳每次都将我们全身照得通红，放眼望去，整个世界都是一片金红。有时下工迟了，已经傍晚，一家三口又趁着夜色赶路。田野上蝉叫声、犬吠声此起彼伏。这时妈妈都会将爸爸抱得很紧，而我则对周遭的事不以为然。一晃眼二老现已过世多年，只有那辆自行车上发出的"叮叮"声还清楚地镌刻在脑海里。

学生时代的我和大多数孩子不同，对于是非曲直十分偏执。对就是对，错就是错，没有任何折中。这让我打小就无法和小伙伴们玩到一块儿，没什么朋友。但遇到班上同学被欺负，大家围成一圈看热闹时，我总第一个冲上前，将两边分开。就这样，我身上不时会出现一些瘀青，被父母察觉后也少不了一通责骂。他们总批评我多管闲事，称中国有种处事方式叫中庸之道。我低着头，没有解释，纵使据理力争，有些道理他们也未必明白。不过现在回想起来，我在某些方面着实显得可笑。

因为自己的追求，我报考了华南政法大学的法学专业。这是我儿时以来的理想。法学就是我的选择，对错分明并执着到底，不被外在事物左右。只有它，才能与我的偏执高度契合。在得到录取通知书时我兴奋得睡不着觉，幼稚地掐着脸，终于可以在梦寐以求的学府进行深造，将伸张正义变成毕生努力的方向。

上大学后，我逐渐理解了父母所谓的中庸之道，不过他们只说对了一半。我不再关注周遭变化和他人的对错，因为那些无关紧要。时间有限，我必须将所有精力放在专业的学习和研究上。只有这样，才能最大限度实现自己拟定的目标和价值。上课下课，吃饭睡觉，我习惯了孑然一身，独来独往。偶尔打篮球锻炼，也是一个人在三分线外重复地投篮。

那一年是一九八二年初夏，正值花期的蓝花楹在阳光映衬下浮翠流丹。石小婉的出现让我发现人生除了黑白，也是渴望色彩的。那一抹色彩，毫无征兆地映入了我的黑白瞳孔中，那年我们都才二十岁。

学生时代的我们都很穷，那时的爱情也很纯朴。为了给她买一块上海牌手表我偷偷打了好久零工，仅仅因为她曾在玻璃柜台前停留过。她的惊喜溢于言表，嘴唇紧咬不知所措，感动得都快哭了，我的心也快化了。

有时候我总想，人会被改变吗？性格大多与生俱来，后天只会不断修正强化。达观的人会越开朗，阴郁的人只会更内敛。遇到她之后我才发现，人会被另外一个人改变。她的出现为我开启了一扇与世界沟通的大门。我不再循规蹈矩，开始懂得生活情调，并肩负更多责任。生命不再是一眼能望穿，而是存在一些不期而遇与未知的变化。

现在想来，这句话反而是种讽刺。

毕业后，我留校当了老师，投身于热爱的法学。一腔热血再加上校领导的器重，事业蒸蒸日上。婚后的小婉对我的工作也颇为支持。有时加班研讨至很晚，回家也能看到她坐在客厅沙发上等我。好几次分明困得不行已经睡着，却一个激灵爬起，佯装一直看着电视。不过，屏幕中闪烁的雪花出卖了她。

我总告诉她，有机会一起出去旅行，看看向往的大海，那是蓝花楹的颜色。但计划每次都无疾而终，为这事我心感愧疚，觉得委屈了她。小婉倒是不断安慰我，说趁着年轻专注事业无须自责。她的善解人意虽可让我全心投身于法学，却也变成了痛苦的根源。现在想想，当时她刁蛮任性些反倒还好。

得知小婉怀孕后，我激动的心情难以言喻。我试着转移重心，回归家庭生活。周末我不时放下书本，转身看向小婉。小腹隆起的她总坐在椅子上织着小毛衣，阳光同时洒满房间，铺在脸上。

那是我最幸福的一段时光了……

小生命来到身边的那一天阳光很明媚，光线从窗外折射进来，让小小的她仿佛带着光，宛若一个天使降临在了我们之间,带来更多的光明和希望。我和小婉决定给女儿取名"方愿"。一辈子无病无灾,平安喜乐,是我们最大的愿望。

但也只能是一个愿望了。

可能因为有了女儿,加之学校的各类琐事,我逐渐忽略了对小婉的关心。产下方愿的妻子患上了产后抑郁症,情绪阴晴不定,寝食难安。她总默默拭泪,希望我能多陪陪她们,多抽些时间和母女俩在一起。可事与愿违,自己总有心无力,分身乏术。一次又一次的晚归让她不再相信我的解释,我再也看不到她曾经那种纯粹的笑容。

我们的交流越来越少,最后演变成互相敷衍。她总是躲在阴暗角落,抱着熟睡的女儿,面对着门口发呆,见我回来也不言语,只是微微将头抬起朝向玄关。漆黑的环境让我看不到她的眼神和表情,也不知是盯着我还是望向身后的虚空。

一切都变了,她变了,我不知怎么也变了。原来的生活一去不复返,不再温馨甜蜜。因为小婉怕吵到方愿,我和她的沟通总是以冷战结束。我担心,也很煎熬,怕她身子经不起这么大的折腾。久而久之,我们习惯了没有沟通,没有争吵的日子,生活变成了死气沉沉的沉默与退让。

我不知该怎么面对这种境况,也不知道正常不正常,法学没有告诉我该如何经营婚姻,家庭生活似乎比工作更难驾驭。当时我有种逃避心理,通过教学来转移注意力,希望方愿再大些,小婉或许会慢慢好起来。抱着这些想法,我每天晚上根本无法好好休息,直到离开家回到学校,整晚的压抑才能被彻底释放。殊不知,悲剧的种子已被悄悄埋下。

又是教学研讨至很晚的一天,我像往常一样回到小区。

仿佛冥冥之中早有暗示，一路上右眼跳个不停，而小区门口挤满的人群则印证了我的忐忑。朝人群挤去时，我更加不安。那个方向正是自己住的单元楼。同时，在嘈杂声中我听到了人们只言片语的讨论，说有个女人带着孩子跳楼了，才六个多月，丈夫是高校教授云云……

我不确定是否听清了，那一瞬间头皮如同注射了水银般慢慢裂开剥落，脚也像灌了铅一样沉重。我连拉带拽钻进人群，看到了那一幕。

襁褓中的女儿早已面目全非，惨不忍睹。小婉身上那件白色睡衣也被鲜血浸透。她面目僵硬，四肢无力地摊开。近半年不曾对她言语的我当时没喊出声，连张着嘴巴啊……啊……的悲呼都是断断续续，时有时无的。记不起上次将小婉拥在怀中是什么时候，她的身体让我感到冰冷陌生。慢慢地，大脑开始空白。周围人群声，警笛声也逐渐模糊。

警方通过现场勘察，认定了妻女的死因。两人均系从家中七楼坠下，全身多处脏器破裂导致当场死亡。家中情况完好，房门没有任何被撬开的痕迹。根据邻居证词和我恍惚中的回答，初步判定为一起产后抑郁导致的自杀事件。

录完了口供，我梦游般地走出派出所，被折腾一夜的大脑才逐渐恢复过来。天空一角已出现鱼肚白，渐渐染上了红晕。我沿着清晨的街道往前走，不是回家的方向，我也不知道该何去何从。走了好久，一对夫妻牵着一个背着书包的小男孩从我面前经过。那个刹那，我才意识到小婉和方愿已经不在了……

雨下了几天几夜，雨滴敲打屋檐的聒噪声仿佛将我和整个世界隔绝开来。自己始终蜷在家中的一个角落，任何进食行为都会因胃部痉挛而干呕不断,几乎连水都没有喝过。饿狠了就倒下昏睡,惊醒后再慢慢消化噩梦。

我的世界从此失去色彩,又回到了一片黑白。

派出所上门来了解过几次情况。可每次面对警察,我都觉得在被他们不停审视,如同一场无形的审判。这样的感觉让我无地自容,只能通过不断搪塞来逃避。

想过要自杀,以此减轻自己的愧疚,也希望能和她重逢于另一个世界。这样的念头出现过几次,但我没有这样做。我还有父母,哪怕已记不起多久没和二老见面联系了,但不能让他们也去体会这种滋味儿,那着实残忍。

我向学校领导请了长假,继续将自己关起来。不见任何人,不与这个世界交流,只把小婉的照片抱在胸前,怕被夺走。那是我唯一的念想。

我不断反省着过失。自己工作兢兢业业,生活随遇而安,普通得不能再普通。可恰恰归咎于这种性格,让生活宛若白开水般平淡。其他家庭的妻子,可以通过不断地撒娇耍赖,去宣誓作为女人的"主权"。但和我一起生活,她必须很懂事,必须去理解我。期待惊喜与浪漫,小婉从不奢望能有这种"特权"。那时她总安慰我:"一定要专注于教学,别老自责。和你可是要过一辈子,往后还长着呢!"当时她那晶莹剔透的眼睛和嘟嘟翘起的小嘴还总在我脑海里萦绕……

现在才知道我错了,大错特错。世人都一样,都希望得到爱人的陪伴。十年婚姻生活一向疏于从行动上照顾关心她,作为丈夫,我是不称职的。

当然,我爱她。只是除了在课堂上,自己向来不善言辞,内心活动如何激烈,总是无法表达。很多时候,有一种她会懂我的心理在作祟，认为男人表达爱情的方式大抵如此。

不过，这些都是借口。

虽然不曾死去，却不觉得自己还活着。行尸走肉的生活持续了整整六个月。直到有天突然发现，在不断对"她"言语时，照片中的小婉居然笑了，嘴角扬起的弧度正是曾经那种表情！这根本不可能，但我也不想去怀疑，温暖遍布全身的感觉好久没有过了。后来渐渐发现，小婉似乎没有离开我，她一直在身边。每当我对她说话时，都能感受到她的回应。

对了，那张照片就是在蓝花楹下为她照的，照片中她迎着微风回头看我。没错，她一直都在看着我。

从那天起，我每天的习惯就是看着照片，和她聊天。她也总能通过简单的方式回应，哪怕这种回应只有我能"听"懂。

我没有失去她，她在的。

我开始重拾生活，销假返校，这也是小婉"期望"的。她告诉我不要再这样下去，要振作，重新回到自己曾经热爱与坚持的法学中去。不过当完成所有工作后，我都按时回家。

时间的齿轮继续向前，二十五年的时光匆匆而过，小婉的照片始终陪伴左右。经济条件已算宽裕，但一直没有搬出原来的房子，住在这里是我的习惯。纵然都是上个世纪的事了，可欢笑声还残存在这个房间。一切变了样，人们的生活早已日新月异。这个家，已被一幢幢拔地而起的高楼包围。南方公园，曾经挽手漫步的小径也变得杂草丛生……倘如小婉和方愿还在，可能也会对周遭世界充满好奇吧！对了，方愿长得挺像小婉的。母女两人一起对我眨巴着眼睛的样子，光想想就觉得有趣！

　　教学上，我从一般讲师成了系主任，从系主任又升到了副院长，再从副院长提成了正院长。其间学校领导换了一轮又一轮，中层干部退了一批又一批。我没什么交心的朋友，慢慢不再有人还记得那件事。大家只评价我是个兢兢业业的人民教师，或是一个孤僻怪人。只有我知道，法学是我毕生的追求和信仰，小婉则是我永远的守护和灵魂。命运如此安排，我也知足……哪怕只是一厢情愿。

　　班里有个叫梁钰晨的学生，性格开朗大方，人缘也不错。在我授课期间，经常向我请教学业上的问题。有些学生只是为给老师留下一个勤学好问的印象，对法学浅尝辄止。但看得出，他和那些家里已经铺好路的学生不一样，是真正渴望投身这项事业，同样源于对法学的热爱，我感受得到。遗憾的是，他总在纠结是否考研深造。据我所知，他家庭条件一般，总担心给家里带来过多负担。如今，像这般不挥霍父母血汗钱的孩子已经不多了。

　　有一天，我发现他手腕上带着一块似曾相识的手表，心中一惊。因为我曾送过小婉一块手表，至今仍未找到，几十年来都忘了这件事。

　　那是一块很老式的古董表，我故作好奇让梁钰晨取下给我观赏。不会有错，表盘边缘那个印痕和二十五年前一样熟悉。我倒抽一口冷气，那是小婉做家务时，手腕磕碰茶几时留下的。

　　这就是那块我送给她的表！

我的震惊险些被梁钰晨察觉,我很快平复,不动声色地打听这块表的来龙去脉。原来今天有选修的古董钟表鉴赏课,这块表就是他偷偷从父亲梁果抽屉里拿出,用作随堂研究。

梁果……这个和我生命没有一丝交集的男人是谁?为什么会藏有这块表?

五十多岁的自己已经不起大起大落,腕表不过是小婉不慎弄掉被某人捡到,辗转到别人手上也不奇怪。然而,我越是这样认为,疑惑却越大。这块表的出现如同一块石子,无意间丢进了一潭死水,惊起了往事的沉渣。

我没有直接询问,而是对梁果这个人进行了暗中调查。

通过一段时间观察,我发现他晚上时常应酬,喝酒晚归是家常便饭,而且每次都烂醉如泥才踉跄回家。我琢磨着如何寻找突破口。

去年年底,我租了辆小轿车,跟踪梁果到一家酒店,停在门口等待。车内长期氧化的内饰发出的酸臭直叫人作呕,等了近三个小时,那个身影才从酒店里晃晃悠悠地走出来。我赶紧踩着油门迎上去,装成拉客的黑车要载他回家。他早已喝得烂醉,看都不看就上了车。

梁果坐在后座没怎么说话,我开着车,心中七上八下。这里到他家不过半小时车程,一旦到了目的地,下次未必能有这样的机会了。我将油门松了松,降下了速度,轿车在漆黑的夜晚徐徐滑行。

通过询问职业,酩酊大醉的他开始高谈阔论,讲述着如何凭借自己的"才能"一步步爬到这个位置。而我在一旁不断应和,寻求突破口。但他每次只在认识哪个大领导,和自己多亲密上面不停打转。我慢慢失去了耐心,目的地越来越近，有几次差点按捺不住脱口而出：手表怎么来的，是不是偷的，偷的那家人还记得不？

我还是忍住了，直到他开始大倒苦水，从埋怨工作到责骂老板。

他说，他这条命简直就是卖给银行的，真把他惹急了，看不把那些领导给办了。我看了看他，说，这就不行了，违法的事越过了底线。他说，违法？笑话，又不是没犯过法，怕啥呀！我屏住了呼吸，一个晚上的等待，这可能是唯一的机会，于是顺着他的意思说，开玩笑，我可不信。

梁果刚想展开，突然一顿，表情旋即扭曲，强行拦住了已经打开的话匣。就这样，直到下车前，他都沉默寡言。这却让我更加坚信了自己的怀疑。

到了梁果家，在扶他下车时，我将手悄悄绕到他的后脑勺处，趁机拔掉了一根头发，紧紧攥在手中。

当年在警方出具的报告中，小婉的衣服上除了她和我的DNA，还提取到了另外一个人的DNA。考虑到当天她可能外出，与他人有过接触，所以我没过多留意。况且，仅凭这点线索也无法深入调查。

这根头发，竟然成了我发现真相的钥匙。根据专业机构的鉴定报告，梁果那根头发，与当年小婉衣服上的DNA完全匹配。

我继续跟踪梁果下班后的一举一动，发现他有不定期去心理诊所的习惯。于是我佯装患者来到了那家诊所。通过几次"治疗"，我偷偷获得了计算机密码，窃取了所有的数据。

妻女果然是被梁果害死的。哪怕早有预料，仍被震惊到无以复加。原来小婉坠楼那天，梁果偷摸到我家中，企图实施盗窃。不料却被妻子发现，争执中发生了意外……因小婉患有产后抑郁，对外界突来的刺激根本无法承受。想必她担心女儿受到伤害，在精神恍惚中慌不择路，不慎坠楼。

那个夜晚，两个冷冰冰、躺在血泊中的身体再次浮现于我的脑海……

若是普通人，经过二十五年，恐怕早忘了曾经的惨剧，开启了新的人生。但我不一样，若不能为妻女讨回公道，法之于我又算什么呢？哪怕我知道，正义未必会因真相到来而得到伸张……

犯罪刑种最高可判死刑的追诉时效只有二十年。时效过了，已追究的，应当撤销案件，或者不予起诉，或者宣告无罪。

钻研法学多年，我第一次感受到了法律条款的冰冷。现在已离案发时间过去二十五年，无法再对犯罪嫌疑人梁果追究刑事责任。目前司法实践中实行从旧兼从轻、疑罪从无原则，没有任何证据，公安机关根本不受理此类案件，更遑论报请最高院继续追诉。

我明白，追诉时效制度，是基于节省司法资源，考虑犯罪嫌疑人经过较长时间未犯新罪，已洗心革面，同时被害人及家属的创伤已愈合，不再重新激化社会矛盾而设立。

可梁果他忏悔了吗？作为被害人家属，我也不会原谅他。仇恨，根本没有时效期限一说。

针对该条款，我的大脑开始飞速运转。从法理学到刑法，从法学起源到演变在我脑海中不断掠过。风暴席卷整个脑髓，最终一切都是徒劳。放眼望去，没有一丝曙光。

每当我踏进法学院大门口时，都会驻足片刻，瞻仰那尊忒弥斯雕像。她是希腊诸神中掌管法律与秩序的神明，左手高举天平，右手紧持诛邪剑。秤在前，剑在后，表明她虽主张正义，却反对不必要的杀戮，也警示世人不能假借正义之名对他人无端制裁。同时，一块手巾蒙于眼部，此举告诫司法纯靠理性，不能依靠感官印象主观判断。即所谓：程序是正义的蒙眼布。

没错，遵循程序上的正义，是一个国家法律完善的标志，也是我毕生奋斗的方向。一切之于我，是多么大的讽刺……

法外复仇的想法在脑海中一闪而过，很快被我否决了。

杀了梁果不难，但以正义之名作恶，我不能做出这样的事。哪怕动机再合理，合理到能被这个社会理解甚至同情……但犯罪就是犯罪，再合理的动机也不可能名正言顺，任何理由，都不能成为犯罪的借口。因为一旦走上了这条路，就等于否定了一切，摧毁了我所有努力与追求。法律是审判罪恶的，我不能成为一个杀人犯，变成一个恶魔被神明审判。

但放弃法外制裁，即替妻女原谅凶手……我也做不到。

这道法学单选题，怎么选都不对，任何一个选项都是对另一边彻底的背叛。

复仇？

原谅？

这是神明摆在面前的考验。

我如同一个精神分裂患者，每分每秒都像钟摆般在两个极端来回摇摆。偶尔会在恍惚下站向一边，随之而来的却是对另外一边的幡然醒悟。这样的悖论迷宫，根本没有出口。我陷入了无尽的死循环中，无法自拔。

更可怕的是，我再也听不到小婉的任何回应。照片上她不再微笑，那双眼眸变得幽怨，如针刺一般不断扎进心脏。无数次梦中，她都冷冷质问我。为什么没有保护好她，为什么没有保护好我们的女儿。我连解释的勇气都没有……惊醒后汗浸全身，心有余悸，想不起自己身在何方，只有那双猩红色的眼睛总在某处幽怨地盯着我。

我的容貌在这数十天中发生了巨大变化。照镜子时发现那个人眼眶深陷，脸色苍白，头上青丝几乎褪去了黑色，苍老得惊人。每天头疼欲裂，食欲减退，体重也急剧下降。

除了外貌上的改变，内心也发生了天翻地覆的变化。巴赫宛若天籁般的旋律对我而言失去了原有的韵味，只不断发出刺耳的声音。我愤怒地将唱片丢在角落，避之不及。甚至在清理房间时都刻意躲过那片区域。

死，未必是解脱，生，却无疑是种折磨。这样的日子是一种煎熬，也没有继续苟活的必要，那只会让痛苦一直延续下去，看不到尽头……我决定不再逗留，就在家中安静地了断这一生。带着作为丈夫仅有的那点可怜责任，带着对法律底线起码的尊重，体面地离开这个世界。只有这样，才不负妻女，不负信仰。既然无法得到迟到的正义，那就接受迟到的解脱吧！

手中的安眠药堆成了一座小山。我坐在床上，仿佛看到了山的那一头，小婉就在那边等我。她等了好久，好孤独。此时我有一种从未有过的轻松与从容。

安眠药和白开水被一股脑儿灌入咽喉，由于长时间米水未进,我条件反射性地往外呕吐。我不停灌着水,因紧张导致食道痉挛,所有胶囊都被堵在胸口,那里几乎要被撑破。我顶着剧痛,紧闭双眼,有那么一瞬间觉得可能会死于窒息。

直到胶囊慢慢滑入胃中,我才平复下来,长长舒了一口气,缓缓躺下。夕阳的余晖透过窗户在房里铺开,微风拂过,视野中满是霉点儿的天花板逐渐模糊,褪去斑驳的印痕,呈现出了一道道色彩……

是那年蓝花楹的颜色。

沉睡间,仿佛被投入深海,我望着天空慢慢下沉,视线越来越暗,周身冰冷刺骨,却无法动弹。

惊醒时,宛如被丢进烈焰。我被熊熊大火包围,火舌越来越旺,躯体被不断焚烧,却无法挣扎。

然后是没有声与光的世界,只有漫无边际的漆黑。

经过冰与火的折磨,我挺了过来。不知药量少了还是药物过期,自杀失败了。饶是如此,药效的余威仍让我苦不堪言。胃囊早已不堪重负,刺鼻难闻的胃液和药丸残渣混在一起,从喉头喷薄而出。我趴在地上,鼻孔里塞满了呕吐物,裹着酸臭,混合着唾液如丝线般从嘴中溢出,滴落在地。我身处污秽之中,四肢瘫软无力,却感到如获新生。

既然连死都不怕,我还畏惧什么呢?

这是醒来后的第一个想法。

神的指示转瞬即逝,思绪如同乱麻搅在一起又被迅速厘清。我兴奋得将手捂在脸上不停搓动,颤抖着倒抽冷气,久久不能平复。

数月以来,自己总在是否谋杀梁果的天平上彷徨不断。殊不知一切仇恨的根源是梁果逃脱了法律制裁。如何重新让他受到审判才是关键。毕竟杀人就会犯法，这条铁律面前人人平等，任何人都不例外。我谋杀梁果，自然逃不过刑律。反之，犯下罪行的若是梁果，那么被法律制裁的就将是他！只要触碰了底线，不管行凶那一刻的动机多么合理——但犯罪就是犯罪，再合理的动机也不可能成为实施犯罪的借口！

其实，神明早在告诫不要违背信仰的同时就已指明了方向，是自己对法学认识肤浅才忽视了近在眼前的答案。用生命换取程序正义……那一刻，我仿佛窥见了忒弥斯那双被蒙住的慧眼。

一个多月的折磨，我清楚明白复仇是种怎样的执念。人，终究是感性动物，失去至亲至爱，任何所谓原谅都是苍白的，对仇人的杀意更不会有丝毫彷徨。这样的执念，我放不下，他也放不下。

我不要他的命了，他死了小婉也活不过来。纵使将梁果碎尸万段也无法抵消仇恨，反倒洗刷了他的罪孽。要让梁果诚实地面对曾经的罪愆，感受无助，体会绝望。当折磨受尽，他将以杀人的罪名背负起法律的十字架，并用余生忏悔赎罪。

在恐惧的憧憬下，我开始了计划。

四月十七日下午，我将梁钰晨约到了废弃的教学楼处，那里不会有目击者。他没有起疑，被我用电击枪打中，昏睡过去。虽然一向有运动习惯，但揹着梁钰晨，我的身体仍然力不从心。我气喘吁吁，汗水浸湿全身，脑袋中不断嗡嗡着。伴着窗外此起彼伏的喧嚣声，我扛着他在漆黑的楼道中缓慢摸索，负重前行，用了十多分钟才把他搬到停车场。

到了那里，我用尽浑身力气才将他放入准备好的轿车后备厢内。由于陷入昏迷的梁钰晨四肢自然伸展，我怕箱盖压伤他，倒腾了许久才合上后盖。回到车内，早已筋疲力尽，后视镜中的自己狼狈不堪，可怕又陌生。放弃的念头一闪而过，又被一股炽烈的力量击碎，消于无形。

我驾车将他运出了学校，拘禁在市东边望星山山腰的一口枯井里。内部早先就做过防水处理，可切断他与外界联系的同时保证其安全。禁闭室虽简陋，但有水有食物，正常生存不成问题。我还特意准备了大量书籍和几十台台灯。梁钰晨被牵扯进来让我深感不安，但无论如何不能伤害无辜。

我通过预先准备的简易起降设备将他缓慢放入井中，拖进了禁闭室内。醒来的他手脚已被缚住，显得十分惶惑。我诚心道歉，并以老师的名义向他起誓：只暂时限制自由，不会对其造成人身伤害，也不会伤害他的家人。我留下了些御寒物资，抽取了他约三百毫升的血液，最后松开绳索封死门口，重回地面已是傍晚。

计划完成第一步，我站在夜空下深深呼吸。

二十五万元赎金，是我二十五年来遭受的折磨。家属报警是预料中的事。顾及人质安危，警方短时间内不会进行大范围排查。我思考如何最大限度延长梁果的痛苦，并通过一次次布局，对他进行儿子难以生还的心理暗示。

对梁果来说，这几天一定是度日如年，而对于我，则转瞬即逝。警方会千方百计找到我，我得赶在这之前，变成一具尸体……生命仅剩最后一点时间，我将法学课程全部排满。为挤出更多时间投入教学，我不得不选择驾车上下班……就在这时，你出现了。

你，陈沐洋，从当年的问题学生，成了一名刑警，尽力维护着心中的正义。就在我深感欣慰时，你对我的怀疑也越来越深。

我没什么好担心的，纵使有嫌疑，至多被拘传去警局协助调查。没有证据，是不允许连续或变相连续拘传超过十二个小时的。只要警方一天未掌握实质证据，至少在声纹恢复前主动权还在我这里。本打算再谨慎一些，或许能多停留片刻，等到今年蓝花楹的花期……

不过今天，你终究还是触及到了案件的核心，通过还原二十五年前的真相，锁定了我的动机。我不能再耽误了，不得不孤注一掷，走出最后一步。

为便于继续书写，我选择切下了左手手掌，待断掌失去一切生命体征后，再锯下手指寄出。人的指头都一样，加之我和梁钰晨均无前科，指纹无从查证。若想"多此一举"确认身份，就只能与梁果的DNA比对，但结果最快也得等八个小时。为求保险，手指已被我砸得面目全非，结合先前"血衣"的铺垫，只要警方不提疑点，梁钰晨就将被宣告"死亡"。毕竟断指除了是他的，还会是谁的呢？有哪个绑匪会切下自己的手指来恐吓家属？

除了我这个行将就木之人……

手掌一经斩下，就等于堵死了所有退路，其间若被警方拘传，我将百口莫辩。同时，还得赶在鉴定结果出来前被梁果杀掉。八个小时，最后的八个小时。我清楚时间紧迫，还是决定冒一次险，向学生们正式道个别。

之后的安排再简单不过。通过断指刺激家属，让孙澜摆脱警方易如反掌。控制了她再威胁梁果，如法炮制。同时我会放出诱饵，将警力引开。当大家将注意力放在城东郊外搜寻人质时,真正的罪恶,将在城市另一头悄然上演。

梁果犯罪的开始,即整次计划的结尾。

方雾

二〇一七年四月二十一日

# 尾 声

　　最后祝您身体健康,这是我在人世最后的留言。我会在彼岸默默为您今后的生活祈祷。

　　　　　　　　　　——岛田庄司《占星术杀人魔法》

　　铅灰色的天空飘着小雨,淅淅沥沥。南方气候向来如此,一到梅雨季节就阴雨连绵。过了六月,窗外依旧没有断梅的迹象,糟糕的天气不禁让人心烦意乱,欲振乏力。

　　略显昏暗的小房间内,一名二十来岁的少年正坐在桌前,他将额头局促在眉心一点,死死盯着眼前的司考习题集。类似的教辅参考还有很多,在一旁垒起了一座小山。

　　作为本次事件的"被害人",梁钰晨的心情复杂而矛盾。数月以来,他不断推敲事件的因果,立场变得暧昧不清。

　　案件清楚明了,在司法实践中却前所未有。庭审数次延期,迟迟没有开庭。主观上,梁果显然存在剥夺方雾生命的意图,客观上也实施了杀人行为,触犯故意杀人罪不容置喙,关键在于量刑。身为法学专业的梁钰晨十分清楚:法官分析杀人情节时,势必将结合梁果未被追诉的罪行综合分析。虽不会定他二十年前的罪,但也会将该事实作为一个犯罪情节放到本案中考量。二十五年前，父亲曾触犯抢劫罪且带有从重处罚情节，最高可判死刑。结合这个前提，他又犯下新罪，几乎没有从轻处理的可能。而方雾，反倒因死亡，不予追究任何刑事责任。

无懈可击的程序正义。

——如果有一天，你发现一切都变了，法学并非你原本理解的那样，你会后悔吗？

重新审视选择的专业，梁钰晨感到迷茫。本想逃避，可现实状况就是这般残酷：父亲即将被提起公诉，家里已然失去了主要经济来源，考研深造只能作罢，准备司法考试是当下唯一的出路。

咚咚咚……

敲门声打断了原本就心不在焉的梁钰晨。

"谁？"

"是我！"房外传来了孙澜的声音。

"有事吗？"

"检察院来了一位工作人员，说有送达小晨你的法律文书！"

梁钰晨略感疑惑，将座椅旋转一百八十度，面向房门。

"进来吧！"

门被朝内打开，一名瘦高的年轻男子打着褐红色领带，身着竖排三粒扣西服站在孙澜后方。

"您请进！"孙澜招呼着。

门外那名男子朝孙澜微微颔首，步入屋内，四处打量后从旁边拉出一个塑料胶凳，坐到了梁钰晨面前。

"这是我儿子，梁钰晨。"孙澜说话间，不自觉将手用力握住了梁钰晨的左手，没有放开。

儿子的手还在那里……还是这般小小的……

"妈！"有陌生人在场，让梁钰晨多少有些不好意思，撇嘴嗔怪起来。

"啊！你们先聊，我去倒杯水来！"

男子朝孙澜友好示意，目送她离开后再次转头看向梁钰晨。

"请问有事吗？"梁钰晨满脸狐疑。

检察官没有多言，从公文包中拿出了一份文件，递到了他面前："我受自然人方雾委托，根据他本人真实意愿，向自然人梁果的儿子——梁钰晨送达这份遗嘱！"

文件封面是蓝底的背景，上面赫然印着一个天平图案，那是公平与正义的象征，经过塑处理，表面泛着淡淡的光泽。诧异中，梁钰晨接过了那份沉甸甸的文件，目光扫过复杂的开头，双眼锁定住了最后几排印刷字体。

  被继承人方雾，身份证号码：XXXXXXXXXX

  继承人梁钰晨，身份证号码：XXXXXXXXXX

  被继承人遗产名录详见附件1，附件1作为本遗嘱内容的一部分，与本遗嘱具有同等法律效力。

  被继承人自愿将附件1中所列全部遗产作如下处分：

  1. 继承开始后，附件1中所列遗产将全部用于支付继承人接受全日制高等教育期间的学杂费以及个人日常生活开销；

  2. 如遗产在继承人完成全日制高等教育后仍有剩余，则全部捐献给中国法律援助基金会。

  以上关于遗产的分配与处置均系被继承人真实意思表示，经公证处公证，真实有效。由自然人唐弦（身份证号码：XXXXXXXXXX）代为监督执行。

梁钰晨将这段文字来回读了好几遍，再次抬头，脸上写满了惊讶。

看着梁钰晨的反应，唐弦心中也五味杂陈。法庭之上，公诉之下，在他面前伏法的犯人数不胜数。这一次，方雾却用生命为自己做出了无罪辩护……念及世上曾经还有另一个人听着巴赫的歌曲，怀抱同样的理想信念，他不免唏嘘：这样的对手今后再也不会遇到。

"我可真羡慕你，能有这样一位老师。"唐弦顿了顿，修改着措辞，"有语病，应该是曾经有过这样一位老师……"

梁钰晨怔了一下，旋即将头扭向窗外。雨势渐弱，细小的雨滴随风飘舞，幻化为缥缈的白色雾霭。一片朦胧中，他似乎开始重新审视整次事件，思绪回到了绑架案发前的某天。

那是在午休的间隙，他又一次请方老师留在教室，对功课进行点拨。不过这天他却如何都无法平静，有些神不守舍。

"梁同学你在听吗？"方雾看着走神的梁钰晨，不禁问道。

"啊！对不起！方老师……刚才您说的我没听清楚，能再讲解一遍吗？"梁钰晨将微微侧向窗户的头赶紧扭回，一脸抱歉。

"有心事吗？"

"啊！没……没有！"

方雾合起了桌上的课本。"考研报名是从今天开始吧！你准备报名了吗？"

心事被方雾随口戳中，他惊慌失措。"正准备着呢……"

"是吗？"方雾神色中浮出一丝异样，"你有难言之隐？"

"我……"梁钰晨低下了脑袋，有些丧气。

"在这个班里，向来属你对法学最热爱。但最近发现你总心不在焉……怎么？是在犹豫要不要考研吗？"

梁钰晨有些不知所措,说:"我可能不报名了,我决定今年认真准备司法考试。只要取得律师资格证,就可以去事务所实习了。"

"不打算继续深造吗?"

"嗯……"梁钰晨低下了头,语气中带着难以掩饰的低落,"我家条件有限,不希望给父母增添太多负担。我可以先工作,再参加在职进修……"

"你选择法学是为了什么?"方雾倏然打断,"为了通过司考,找好工作?"

"不是!就像方老师说的那样,'司考只是一段经历,法学才是毕生的追求!法学是一门神圣的学科,一扇打开任何神奇可能的大门……'"梁钰晨脸颊两侧变得潮红,些许狂热刚想展开,又顿了顿,回到现实,"可毕竟优质教育资源是有限的,更是有偿的……我家条件一般……"

方雾倏地伸出右手,轻拂在梁钰晨的脑袋上,示意他停下。

片刻,方雾又将手抽回放下,起身来到窗边,向外凝神远眺。午后的阳光倾斜而入,打碎在地,耀眼得几乎灼目,让梁钰晨睁不开眼。

"心之所向,素履以往……神明会帮助你的!"

声音来自那片圣洁的光晕,方雾嘴角正绽开一条从未有过的弧线。

**图书在版编目（CIP）数据**

彷徨的杀意 / 陈俊霖著． —— 北京：新星出版社，2020.12
ISBN 978-7-5133-4252-0

Ⅰ.①彷⋯ Ⅱ.①陈⋯ Ⅲ.①长篇小说-中国-当代 Ⅳ.①I247.5

中国版本图书馆CIP数据核字（2020）第228418号

# 彷徨的杀意

陈俊霖 著

**责任编辑：** 王　萌
**特约编辑：** 刘　琦
**责任校对：** 刘　义
**责任印制：** 李珊珊
**装帧设计：** 人马艺术设计·储平

**出版发行：** 新星出版社
**出 版 人：** 马汝军
**社　　址：** 北京市西城区车公庄大街丙3号楼　　100044
**网　　址：** www.newstarpress.com
**电　　话：** 010-88310888
**传　　真：** 010-65270449
**法律顾问：** 北京市岳成律师事务所

**读者服务：** 010-88310811　　service@newstarpress.com
**邮购地址：** 北京市西城区车公庄大街丙3号楼　　100044

| 印 | 刷： | 北京美图印务有限公司 |
| --- | --- | --- |
| 开 | 本： | 910mm×1230mm　　1/32 |
| 印 | 张： | 7.875 |
| 字 | 数： | 129千字 |
| 版 | 次： | 2021年1月第一版　2021年1月第一次印刷 |
| 书 | 号： | ISBN 978-7-5133-4252-0 |
| 定 | 价： | 42.00元 |

版权专有，侵权必究；如有质量问题，请与印刷厂联系调换。